리트

야마모토 카츠코 글·그림

리트

2022년 1월 11일 초판 1쇄 발행

저자	야마모토 카츠코
역자	임가영·김용우
발행처	도서출판 마야
발행인	임재열
편집·디자인	김미선

등록 1993년 2월 9일 제 313-1993-000002호

주소 10881 경기도 파주시 회동길 262

전화 영업부 031) 955-0200   **팩스** 편집부 031) 955-0205

홈페이지 www.mayaco.co.kr   **블로그** blog.daum.net/profdrlim

독자의견 이메일 profdrlim@hanmail.net

ISBN 978-89-85821-70-4 (03830)

차 례

리트

야마모토 카츠코 글·그림

MAYA

1

'리트'라는 수컷 강아지가 있었습니다.

리트는 밀이 노랗게 여물어 가는 바람결 나부끼는 밀밭 한 가운데 있었습니다.

리트는 아직 자신의 이름을 불러 주는 사람을 만나지 못했습니다.

여러분은 왜 리트가 자신의 이름을 리트라고 알고 있는지 궁금해 할지 모릅니다.

사실 모든 이름은 이미 정해져 있습니다. 개, 고양이, 아기도 모두 태어날 때부터 자신의 이름을 알고 있습니다.

어른들은 그것을 잊고

"내가 아이의 이름을 지어 주었고, 우리 집 강아지에게 이름을 만들어 준 것도 나야."라고 할지도 모릅니다.

하지만 그렇지 않습니다.

사람은 태어날 때부터 자신에게 딱 맞는 이름을 가지고 있고, 많은 사람들이 아무리 고민해도 결국 처음부터 부여된 이름으로 불리게 되어 있습니다.

그러나 때로는 가지고 있는 이름이 아닌 다른 이름을 쓸 수도 있습니다.

하지만 걱정 마십시오.

결국은 잘 어울리고 좋은 이름이 선택될 것입니다.

리트는 아직 강아지라 귀밑머리가 바람에 휘날릴 만큼 자라지 않았습니다.

리트는 크게 자란 밀밭 사이에서 귀를 쫑긋 세워 바람을 느끼며 단단히 네 다리로 버티고 서서 얼굴을 쳐 들었습니다.

그때 밀 이삭 위에서 하늘까지 닿을 수 있는 가늘고 긴 냄새를 맡을 수 있었습니다.

"나는 어느 쪽으로 가면 좋을까?"

리트는 이 냄새 속 어딘가에 뭔가 중요한 것이 숨어 있으리라 생각했습니다.

멀리서 불어오는 초여름의 미풍은 리트의 코끝에 작은 느낌을 가져다 주었습니다.

그것은 희미하고 엷은 냄새였습니다.

그리운 듯한 그리고 조금은 안타까운 기운을 풍겼습니다.

리트는 냄새가 계속 자신을 유혹하는 것 같아 일단 밀밭을 떠나 보자고 작정했습니다.

그러나 갑자기 배가 고파왔습니다.

"그래, 일단 먹을 것을 찾아보자."

황금 밀밭이 끝없이 펼쳐지고 있어 어디로 가야 할지 잠시 망설이다가 시선을 먼 곳에 집중했습니다.

그러다가 "무엇이나 끝이 있을 거야." 하는 생각으로 무작정 걸었습니다.

밀밭을 벗어나자 잡초가 무성한 들판 건너편에 작은 오두막집이 보였습니다.

그곳에는 할아버지가 앉아 있었습니다.

2

할아버지는 얼굴에 깊은 주름이 새겨져 있고 어느 것이 눈이고 어느 것이 입인지도 모를 지경이었습니다.

리트는 깡충 깡충 뛰어 할아버지 앞에 다가가 조심스레 말을 걸었습니다.

"할아버지, 제가 이 길로 곧장 가야 하나요?"

할아버지의 두 겹으로 길게 늘어진 주름 사이에서 검은 한쪽 눈이 빛나고 있었습니다. 또 다른 주름 사이에서 붉은 혀가 살짝 보였습니다.

"너의 길은 너만이 알고 있단다. 정말 네가 가고 싶은 길이라면 그 길은 '가슈다'의 큰 영혼이 원하는 길이야."

리트는 이해하기 어렵고 신기한 말을 하는 할아버지에게 속으로 말했습니다.

"제가 가고 싶은 곳은 좋은 냄새가 나고, 맛있는 음식이 있는 곳이죠.

그런데 '가슈다'의 큰 영혼이 원하는 길은 어디 있어요? 그리고 '가슈다'는 도대체 무엇인가요?"

할아버지는 가만히 리트를 바라보고, 또 수수께끼 같은 말을
했습니다.

"거기도, 여기도, 그리고 멀리도."

리트는 고개를 갸웃거리며 잠시 생각에 잠겼습니다.

'저쪽에도, 이쪽에도 다 있는 것이라면 그것은 돌멩이나 길가
에 있는 잡초일까?'

아니면 혹시 할아버지도 잘 모르는 것 일지도 모른다고 리트
는 생각했습니다.

3

리트는 너무 배가 고팠습니다.

길가 도랑물을 마셔도 허기가 가시지 않고 발도 힘이 빠져 몸이 휘청거렸습니다.

뱃속이 허전하고 비어 있다는 것은 몹시 슬프고 괴로운 일이었습니다.

누군가가 음식을 좀 주었으면 좋겠다고 생각했습니다.

가느다란 둑길을 따라 한참을 걸어가니 큰 목장이 보였습니다.

사료창고가 있는 큰 집 앞에 길고 풍성한 턱수염을 기른 뚱뚱한 남자가 있었습니다.

그 남자는 양보다는 머리가 큰 하얀 개를 나무라고 있었습니다.

"제대로 일을 해라. 도대체 넌 양 조차도 쫓아갈 수 없냐"

개는 남자 앞에 앉아서 고개를 떨구고 있었습니다.

리트는 남자를 올려다 보았습니다.

"아저씨. 제가 지금 배가 많이 고파요. 먹을 것을 좀 주실 수 있어요?"

남자는 리트를 흘깃 쳐다보며 한마디 내뱉었습니다.

"너 같이 작은 개는 양을 몰고 늑대를 쫓아 버릴 수도 없어.

쓸모없는 것들은 밥도 줄 필요가 없지."

"그 말은 무슨 뜻이에요? 제가 도움이 안 된다는 건가요?"

라고 리트가 물었습니다.

남자는 귀찮은 듯 다시 말했습니다.

"일 할 수 없는 놈은 밥 먹을 가치가 없다고."

이때 하얀 개가 리트를 쳐다보며 한숨 섞인 말을 했습니다.

"나는 이제 늙어서 양도 늑대도 상대할 수 없게 됐어. 쓸모가 없게 된 거야. 그래서 더 이상 여기 있을 수도 없어."

리트는 그 말을 전혀 이해할 수 없었습니다.

"양을 몰고 늑대를 쫓던 옛 이야기를 할 수 있어요. 그리고 아침에는 '안녕'이라고 말할 수도 있고요. 그것은 도움이 된다는 거잖아요?"

리트는 생각나는 대로 말했습니다.

남자는 화가 치밀어 이같이 말했습니다.

"옛날 이야기라든가, 아침에 안녕, 그게 도대체 무슨 소용이야."

하지만 그후 뭔가 소중한 것을 깨달았는지 갑자기 매우 슬픈 표정을 지었습니다.

남자는 목장을 시작했을 때부터 지금까지 이 하얀 개와 같이 양과 소를 기르는 일을 해 왔습니다.

첫 출발은 양 3마리를 사서 시작했습니다. 양털을 팔고 그 돈으로 조금씩 양들을 늘려갔습니다. 목장이 커지자 남자는 하얀 개를 얼싸 안고 기뻐했습니다.

그 후 소를 기를 결심도 하얀 개에게 먼저 말하기도 했습니다.

남자는 그 개에게 매일 밤 목장을 더 키우고 싶다는 꿈을 털어놓았습니다.

그는 힘들거나 즐거울 때나 늘 하얀 개와 같이 오랫동안 이야기를 나누었습니다.

남자는 숨을 깊이 들이마시고 한숨을 내 쉬더니 리트에게 '빨리 가라.'고 했습니다.

갑자기 쫓겨난 리트는 슬픈 표정으로 가득 찬 남자 앞을 힘없이 걸어 나가며 속으로 말했습니다.

"남자가 슬퍼한 것은 지금까지 같이 했던 소중한 개와 한 번도 옛날 이야기를 안 했거나, 아침에 '안녕.'이라고 하지 않았기 때문이야."

4

잠시 걸어 가니 어디선가 맛있는 냄새가 풍겨 나왔습니다.

주위에는 짚 더미가 많이 쌓여 있고 축사 안에는 소 몇 마리가 있었습니다.

리트는 배가 많이 고프고 다리도 후들거렸습니다. 소에게 다가 가 겨우 말을 건넸습니다.

"배가 고파서 더 이상 걸을 수 없어요. 젖 좀 주시겠어요?"

소들은 긴 혀로 입가의 파리를 쫓으면서 리트를 멍하니 바라 보았습니다.

"이 조그마한 게 뭐야. 이런. 너무 어리구나. 저리 가!"

소들은 리트에게 전혀 관심이 없었습니다.

리트가 소들을 치켜 볼수록 큰 소의 다리 사이로 몸이 빨려 들어가 자칫하면 육중한 발에 밟힐 것 같은 무서운 생각이 들었습니다.

그런데 소 한 마리가 리트의 등을 유심히 보더니 말했습니다.

"이 아이의 등에 날개 같은 무늬가 있네. 마치 천사의 날개처럼."

실제로 리트는 등에 갈색 날개의 문양이 있었습니다.

"얘 야. 이리 와."

말을 걸어 준 것은 송아지를 얼마 전 잃은 암소였습니다.

암소는 리트에게 젖을 내어 주었습니다.

달콤하고 맛있는 젖은 늘 그리운 냄새로 가득했습니다.

젖을 빨 던 리트는 갑자기 물었습니다.

"아주머니. 저 오늘 밤 여기 있으면 안돼요?"

암소는 잠시 생각을 하더니 조심스레 말했습니다.

"안돼. 너 같은 강아지는 젖도 나지 않고 여기선 할 일도 없어. 그러니 배가 좀 차면 가야한다. 하지만 오늘 밤은 주인 몰래 묵게 하마."

"네. 감사해요. 저는 젖은 나오지 않지만 즐거운 수다도 떨 수 있고요. 함께 예쁜 노을을 보면 행복해 질것 같아요."

라고 리트가 말했습니다.

"그것만으로 여기 머물 수 있는 이유로는 부족하다. 목장 주인이 허락할 리가 없어."

암소는 단호히 말했습니다.

주변과 먼 산은 금방 저녁노을로 붉게 물들기 시작했습니다.

암소는 리트가 젖을 빨고 핥아 먹는 것을 보고 얼마 전 죽은 어린 송아지가 살아난 것처럼 기쁘고 흐뭇했습니다.

이 귀여운 강아지와 같이 매일 아름답고 황홀한 석양을 보고, 별들이 빛나는 밤하늘을 볼 수 있으면 좋겠다는 생각이 들었습니다.

리트는 배부르게 젖을 먹고 암소의 품에 묻혀 곧 잠이 들었습니다.

그리고 꿈을 꾸었습니다.

리트의 머릿속은 온통 '도움이 된다'는 말과 '쓸모없는 것' 같은 단어들로 가득 찼습니다.

그 남자가

"양을 몰 줄도 모르고, 늑대도 쫓지 못해 쓸모없다."

라며 무서운 얼굴로 리트를 나무라던 모습도 보였습니다.

상냥한 암소조차도

"젖을 만들 수 없으니 여기에 있을 수 없다."라고 했습니다.

리트는 자신이 누구에게도 도움이 안 되고 필요치 않은 존재라고 생각하니 마음이 무겁고 답답했습니다.

하지만 분명 나를 기다리는 사람이 있을 거라 스스로 달랬습니다.

암소는 작은 리트가 귀여운 꼬리를 좌우로 흔들고, 고개를 갸웃거리는 모습이 그지없이 귀여웠습니다.

그리고 "계속 옆에 있다면 좋을 텐데."라고 몇 번이나 생각했
습니다.

이윽고 아침이 밝아왔습니다.

암소는 다시 리트에게 젖을 맘껏 먹여 준 후 말했습니다.

"잘 가."

암소는 마음이 무척 허전했습니다.

5

리트는 암소의 부드럽고 따스한 젖가슴을 떠 올리며 목장을 뒤로 한 채 길을 떠났습니다.

점점 집들이 많아지고 부산한 길거리가 눈에 들어왔습니다.

걷고 있는 사람들은 리트에 관심이 없고, 다들 어딘가를 향해 빠른 걸음으로 지나 갔습니다.

"나를 기다리는 사람은 이 곳에도 없을까?"

달리고 걷고 꼬리를 빙글 빙글 돌리고 있어도, 아무도 리트의 존재를 아는 사람은 없었습니다.

"나는 정말 여기에 있는 것일까?" 라고 생각해 보았습니다.

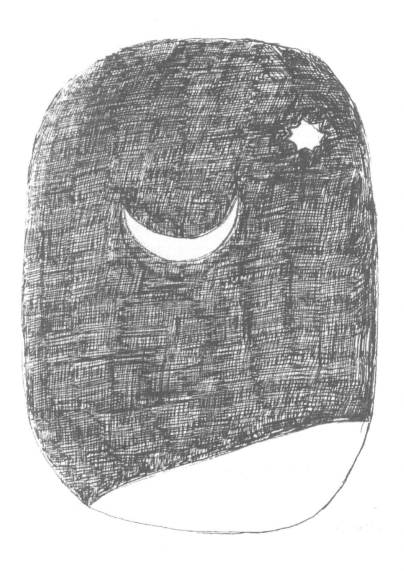

그런데 그때 누가 자신을 조용히 눈여겨보고 있다는 느낌을 받았습니다.

어느 할머니였습니다.

할머니는 구멍이 숭숭 뚫어진 옷을 걸치고, 머리에는 더러운 수건을 쓰고 있었습니다.

그리고 하루 종일 길거리에 앉아, 사탕을 담았던 것으로 보이는 녹슨 깡통을 앞에 두고 구걸을 하고 있었습니다.

할머니는 리트에게 말을 걸었습니다.

"이리 와."

'너를 곁에 두면 지나는 사람들이 더 많은 돈을 줄지도 몰라. 게다가 강아지라면 사족을 못 쓰는 아이들이 있어. 강아지를 갖고 싶다고 부모들을 졸라대면 아예 팔아서 돈도 벌 수 있지'

라고 할머니는 생각했습니다.

할머니의 속마음을 모르는 리트는 처음으로 자신에게 말을 걸어 주는 사람을 만났다고 생각했습니다.

"할머니, 제가 필요해요?"

"그래, 강아지 주제에 잘 아네."

리트는 자신을 필요로 하는 사람을 만났다고 생각해 할머니 쪽으로 가려는데 갑자기 발이 떨어지지 않았습니다.

오히려 할머니에게 가면 안 된다는 목소리가 가슴 속 깊은 곳에서 들려왔습니다.

"나도 할머니께 가고 싶어요. 하지만 그래서는 안 된다는 생각이 들어요. 미안해요. 할머니." 소리치며 리트가 도망가자 할머니는 벌떡 일어나 무서운 얼굴로 쫓아 왔습니다.

"기다려!"

할머니는 필사적으로 리트를 쫓아 갔지만 리트의 발이 워낙 빠르기 때문에 잡을 수가 없었습니다.

"지독히 빠른 놈이군."

할머니는 원래 있던 자리로 다시 돌아갔습니다.

시간이 얼마나 흘렀을까? 어느덧 땅거미가 내려앉고 찬 바람이 불어오자 할머니는 몸을 바르르 떨기 시작했습니다.

갑자기 할머니는 지금까지 오랫동안 잊고 있었던 외로움을 느꼈습니다.

"그 강아지를 내 품 안에 안을 수 있었으면, 지금 좀 따뜻할 텐데."라며 후회했습니다.

할머니는 리트가 무척 귀엽다는 느낌도 들었습니다.

그리고 '강아지를 안고 있으면 자신의 얼굴을 날름 날름 핥아주고 포근한 털이 피부를 간지럽게 했을 텐데.' 라고 생각하며 아쉬워 했습니다.

할머니는 그동안 아무런 생각 없이 살다가 갑자기 외로움을 느끼는 자신을 이상하게 여겼습니다.

한편 리트는 '내가 할머니 곁에 있어 주었으면 할머니는 좋았을까?'라고 밤바람 속에서 귀를 떨며 몇 번이나 생각했습니다.

리트는 '내가 진정 만나고 싶은 사람이 결코 그 할머니는 아닐거야.' 라고 생각했습니다.

6

밤이 되어 마을 외곽을 맴돌다 보니 검은 고양이 한 마리가 도로를 살짝 가로 질러 다가왔습니다.

고양이는 낮은 목소리로 말했습니다.

"어머나. 고양이처럼 작지만 강아지구나. 그렇다면 괜찮을지도 모르겠어. 이 근처는 고양이를 잡으러 다니는 사람들이 많으니 고양이로 오해 받지 않도록 해."

"고양이 잡는 사람? 저도 할머니에게 쫓기고 있었어요. 고양이를 잡아 무슨 소용이 있나요?"

"돈이 되니까 고양이를 잡지. 고양이 가죽으로 만든 물건이 얼마나 많은데. 아무튼 끔찍한 일이야."라고 고양이가 대답했습니다.

리트는 모처럼 대화 상대를 만나 너무 기뻤습니다.

리트가 푸념을 늘어놓았습니다.

"고양이 아저씨. 그런데 마을에서는 나를 쳐다보거나, 관심이 있는 사람들을 본 적이 없어요. 그 할머니 외에는……."

"도시 사람들은 다들 바빠서 그러는 거야. 그들이 필요로 하는 것은 돈뿐이야. 그래서 개나 고양이는 눈에 들어올 리가 없지."

고양이는 자세히 설명해 주었습니다.

"네. 저도 제가 필요한 건지, 필요하지 않는 건지 계속 생각하고 있었어요."

리트의 말이 끝나자마자 고양이는 당부했습니다.

"네가 생각하는 것은 잘 모르겠다만 일단 잡히지는 말아라."

이야기를 하고 있던 고양이가 갑자기 눈이 휘둥그레 졌습니다.

"도망 쳐!"

검은 고양이는 크게 소리를 지르며 잽싸게 지붕 위로 뛰어 올랐습니다.

뒤를 돌아보니 두건을 쓴 키가 큰 남자가 검은 마스크를 하고 그물채를 들고 다가와 있었습니다.

남자는 리트를 날카로운 눈빛으로 노려보더니 그물채를 내려 치려고 했습니다.

그러나 리트는 도망가지 않았습니다.

검은 고양이는 리트가 잡힐 것 같은 아찔한 모습을 지붕 위에서 숨죽이며 지켜보고 있었습니다.

"큰일 났어. 왜 도망 가지 않아."

검은 고양이는 놀라서 얼어붙어 있을 것 같은 리트가 잡히지 않기를 마음 속으로 간절히 기도했습니다.

그러나 리트는 전혀 아랑곳없이 그물채를 들고 있는 남자에게 천연덕스럽게 물었습니다.

"고양이뿐만 아니라 강아지도 잡아요?"

리트의 이 말을 들은 아저씨는 마스크를 벗고 어이없는 표정을 지었습니다.

"제가 왜 필요하지요?"라고 리트가 물었습니다.

"너 재미있구나. 난 돈이 있어야 해. 난 빈털터리야. 아무것도 가진 게 없어. 당장 먹을 것도 없다고."

"알겠어요. 저도 무척 배가 고파요. 아저씨 사정을 잘 이해해요."

리트가 말하자 남자는 무척 당황했습니다.

리트는 또 차분히 말했습니다.

"먹을 것이 없어 죽게 된다면 내가 붙잡혀도 좋아요. 아저씨가 살기 위해 필요하다면 저를 잡아가도 괜찮아요."

그는 리트의 까맣고 깊은 눈동자를 보자 그물채를 내려 칠 수 없었습니다.

그리고 이내 그물채를 땅에 놓고 리트를 멍하니 내려다 보았습니다.

리트가 느린 목소리로 물었습니다.

"아저씨. 왜 그러세요?"

남자는 자신의 행동이 옳지 않았다는 것을 이제야 알았습니다.

지금까지 이 남자는 많은 개와 고양이를 잡아서 생계를 유지

해 왔습니다.

얼마 전 어떤 어미 고양이는 "아기 고양이가 있으니 제발 잡지 말아 주세요."

라고 애걸했지만 남자는 전혀 개의치 않았습니다.

어떤 때는 어미를 잃은 새끼 고양이를 잡은 적도 있었습니다.

그 고양이가 아무리 살려 달라고 애걸해도 전혀 소용이 없었습니다.

때론 잡히지 않기 위해 도망치던 개가 돌아서서 물려고 대들 때는 때려 죽이기도 했습니다.

잡은 고양이를 집에 가져가 산채로 가죽을 벗기는 일도 있었습니다.

"내가 그동안 무슨 짓을 한 걸까?"

리트는 마치 아저씨가 그동안 끔찍하게 저질러 온 여러 일들을 알기나 하듯이 조심스레 물었습니다.

"아저씨, 괜찮아요?"

남자는 그간 자신의 나쁜 행동을 생각하며

"그만해. 날 가만히 둬."라고 하더니

그 자리에 웅크리고 앉아 머리칼을 움켜 쥐었습니다.

리트는 남자 옆으로 다가가 위로를 했습니다.

"아저씨, 무슨 말 못할 사연이 있어요? 가족 중 누군가가 큰 병에 걸렸어요? 그렇지 않다면 개나 고양이를 죽여서 그 가죽을 팔 일이 없을 텐데."

남자는 그물채를 던져 버리고 털썩 주저앉아 울먹였습니다.

20여년간 개나 고양이를 마구 잡아 왔지만 이런 기분은 처음이었습니다.

리트는 그 남자의 슬픈 표정을 보고 무척 놀랐습니다.

리트가 여러 차례 "괜찮아요? 몸은 어때요?"라고 물어도 남자는 고개만 젓고 펑펑 울다가 자리를 떴습니다.

7

리트가 힘없이 걸어가는 남자를 지켜보고 있을 때 검은 고양이가 다가왔습니다.

리트가 물었습니다.

"그 아저씨, 어쩌지요?"

"개나 고양이의 가죽보다 소중한 것이 있다는 걸 알게 된 게 아닐까?"라고 고양이가 말했습니다.

"소중한 것이요?" 리트의 질문에 고양이는

"네가 가르친 거야."라고 답했습니다.

"저는 남을 도와 줄 능력도 없고 무언가를 가르치는 건 더욱 할 수 없어요."

리트는 높은 굴뚝 위에 걸려 있는 둥근 보름달을 쳐다보고 멍멍 짖으며 생각했습니다.

'하지만 그 아저씨가 하루하루 먹을 것을 걱정하지 않고 살았으면 좋겠어.'

리트는 암소가 아침에 내어 준 젖이 소화가 다 되었는지 다시 뱃속이 허전해졌습니다.

그때 고양이가 말했습니다.

"같이 갈까? 우리가 먹는 음식을 나눠 줄게."

그 말을 듣고 리트는 아무 생각 없이 고양이 뒤를 따랐습니다.

벽돌 길을 따라 가니 희미한 가로등이 보였습니다.

길 모서리 근처 돌 틈새 속에 고양이 집이 있었습니다.

그곳에는 검은 고양이 가족들이 아빠 고양이를 기다리고 있었습니다.

문을 조금 여니 아빠가 돌아오길 애타게 기다리던 아기 고양이들이 줄줄이 뛰어 나왔습니다.

새끼 고양이들은 아빠하고 같이 온 낯선 강아지를 보고 깜짝 놀라 재빨리 엄마 뒤로 숨었습니다.

"고양이 잡는 남자가 우리 고양이를 무참히 잡아가는 것을, 이 강아지가 막았어. 우리를 구해 준 거야."

아빠 이야기를 듣고 자신들보다 조금 큰 오빠 개가 그런 대단한 일을 한 것에 대해 다들 크게 놀랐습니다.

엄마 고양이가 리트에게 따뜻한 수프 한 그릇을 내 주었습니다.

리트는 아빠 고양이가 시내에서 일어난 일에 대해 자세히 설명하지 않을 거라 생각했습니다. 그래서 별일 아닌 일을 한 자신에게 음식을 내어 주는 것이 부끄럽고 미안했습니다.

고양이는 잠시 동안 여기 있어도 좋다고 말했지만, 리트는 어딘가 가야한다는 생각이 들어 내일 아침까지만 있게 해 달라고 부탁했습니다.

가족들이 잠이 들자 아빠 고양이는 작은 목소리로 리트에게 물었습니다.

"그건 그렇고 너는 왜 너를 잡아 가라고 한 거야? 잡히면 죽게 되는데."

리트도 사실 그 말을 곰곰이 생각하고 있었습니다.

"나도 잘 모르겠어요. 입에서 그냥 나와 버렸어요."라고 답했습니다.

"그래, 너의 운명을 알고 있는 '가슈다'의 영혼이 그랬을 수도 있겠구나."

그 순간 리트는 밀밭을 나왔을 때 나이 많고 이상하게 생긴 할아버지가 한 말이 생각났습니다.

"전에 만난 할아버지가 '가슈다'의 영혼 이야기를 해 주었어요. 당신은 이런 영혼을 알거나 만난 적이 있나요.?"

고양이가 말했습니다.

"만난 적이 없어. 단지 어렸을 때 할머니가 말해 주었어."

리트는 어둠 속에서 빛나는 고양이의 눈을 보면서 한마디도 놓치지 않으려고 쫑긋 귀를 세웠습니다.

"할머니의 할머니들에게서 전해 들은 이야기 같은데 어떤 사람은 '가슈다'의 영혼을 '하나님'이라고 하고, 또 어떤 이들은 '모든 게 통하는 약속'이라고 했어.

밥을 먹으면 힘이 나는 것도, 심장이 움직이는 것도, 보는 것도, 손과 발을 움직일 수 있는 모든 것이 '가슈다'의 은총이라고 하셨지.

그리고 "그 '가슈다'는 우리의 설계자로 이 세상의 모든 것이 잘 되길 바라고, 하나하나를 아름답게 만들었다고 하셨어."

검은 고양이는 천천히 눈을 감고 마음속으로 풍경을 그리는 것 같았습니다. 그리고 조용히 말을 이어 갔습니다.

"어느 한때 비가 계속 내려도 비가 없어지지 않는 것도, 벌레나 쥐의 배설물과 사체가 언젠가 흙이 되어 꽃을 피우는 것도 '가슈다'의 힘 때문이라고 하셨지.

그뿐 아니라 '가슈다'는 꿀벌과 나비의 생각대로 꽃가루와 꿀을 모으고, 암술과 수술이 수정되고, 많은 열매를 달리게 하고, 새가 그 열매를 먹고 배설물을 통해 씨앗을 나르는 대단한 일을 하게 한다고 말씀하셨지.

꿀벌과 나비는 열매를 맺기 위해 의식적으로 꽃가루와 꿀을 모으는 것이 아니란다. 만물이 살아가는 그 자체는 우리가 모르는 가운데 중요한 일을 하고 있는 거야. '가슈다'의 영혼이 정말 잘 설계한 거야.

필요 없는 것은 하나도 없고, 일이 일어나는 것, 만날 수 있는 것도, 존재하는 것도 모두 필요하고 소중한 것이라는 말이지.

우리가 여러 가지 일을 결정하는 것이 본인의 의지 같지만 '가슈다'는 그 후 어떻게 되는지 알고 있고, 모두 좋은 방향으로 이끌어 주는 존재야."

리트는 '가슈다'의 존재를 잘 몰랐지만 할머니가 돌아 가셨거나, 우리에게 슬픈 일이 일어나도 항상 '가슈다'가 좋은 방향으로 인도해 주기 때문에 괜찮다는 생각이 들기 시작했습니다.

"그 때 리트, 네가 고양이 잡이 아저씨에게 말한 것이 스스로 결정한 것 같지만 '가슈다'는 이미 알고 있었고, 영혼의 목소리를 들었을 것."이라고 고양이가 말했습니다.

리트는 다시 그 순간들을 생각해 보았지만 '가슈다'의 존재를
잘 알 수는 없었습니다.

　그렇지만 그 때 "잡아 가도 좋아요."라고 말한 것은 정말 자신의
생각이었을까? 아니면 검은 고양이가 말하는 대로 '가슈다'의 뜻
이었는지를 알 수가 없어 고개를 갸우뚱 거렸습니다.

8

아침이 밝아 오자 리트는 집을 나와 걷다 보니 큰 집들이 많이 늘어선 길거리를 가게 되었습니다.

큰 대문과 아름다운 창문들이 있는 집이 많았습니다.

그 집들은 넓은 잔디밭과 각종 나무들이 아름답게 다듬어진 정원을 갖고 있었습니다.

그 중에서 눈에 띄는 집이 있었습니다.

예쁜 원피스를 잘 차려 입은 여자애가 아버지와 함께 현관문으로 나오고 있었습니다.

여자애는 대문 앞에 있는 리트를 발견했습니다.

"어머. 귀엽네요. 집에서 기르고 싶어요."

그러나 아버지는 고개를 가로 저었습니다.

"지금도 강아지 여덟 마리와 고양이가 다섯 마리나 있지 않느냐. 게다가 길에서 크는 개들은 혈통서도 없어. 이 개는 우리 집에 어울리지 않아."

"아빠. 저는 이 강아지를 갖고 싶어요. 너무 귀여워요."

그러나 아빠는 "넌 곧 싫어지게 될 거야"라고 말했습니다.

그러나 딸은 대답했습니다.

"천만에요. 매일 귀여워 해주고, 잘 기를 거예요."

아빠는 어쩔 수 없는 표정을 짓더니 한숨을 푹 내쉰 뒤에 집 관리인들에게 소리쳤습니다.

"저 개를 잡아 와."

말이 떨어지기가 무섭게 네 명의 관리인들이 그물을 들고 와 리트를 순식간에 잡았습니다.

어린 리트에게 그것은 너무 무섭고 힘든 순간이었습니다.

하지만 집안으로 들어가 보니 예쁜 잔디밭이 있고, 리트가 자유

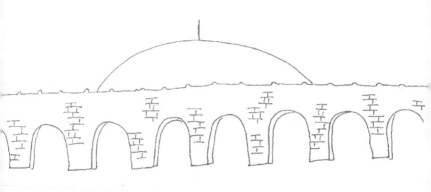

롭게 돌아 다닐 수 있는 공터도 많았습니다.

다른 강아지들도 많이 있고, 모두가 리트를 따뜻하게 맞이해
주었습니다.

그 가운데 가장 큰 갈색 개가 말했습니다.

"귀엽게 해주는 것도 잠시야. 하여튼 여기는 지루해. 모두가 무
엇을 위해 여기에 있는 건지 한심한 생각이 들어. 그냥 먹고, 놀고,
자고, 또 먹는 것이 전부야.

그런 생활도 좋지만, 뭔가 변화되는 느낌이 좋은 것 같아. 다들
이런 저런 이야기들을 늘어놓지만 그저 그래. 너 같은 강아지는 이
해 못할 거야."

리트는 집안 어느 개도 음식을 서로 먼저 먹기 위해 다투는 일
도 없고, 조용히 살고 있지만 모두가 행복해 보이지는 않았습니다.

정원 한편에서 무척 늙은 검은 개가 웅크리고 앉아 물었습니다.

"여기 새로 들어 온 거야?"

리트가 고개를 끄덕이자 그 개는 처량하게 말했습니다.

"여기 있으면 먹는 것에 어려움은 없지."

"할아버지, 왠지 슬퍼 보여요."라고 리트가 말하자

그 개가 불쑥 한마디를 던졌습니다.

"지금까지 '둘도 없는 것'을 만날 수 없었기 때문이란다."

"너는 여기에 있으면 안 돼. '둘도 없는 것'을 발견해야 해. 여기

에서는 찾을 수 없어."

리트는 '둘도 없는 것'이라는 말을 듣는 순간 정겹고 귀에 익은

느낌이 왔습니다.

하지만 리트는 '둘도 없는 것'의 의미를 잘 몰랐습니다.

"그것은 뭐죠?"

리트의 질문에 그 개는 먼 곳을 응시하며 천천히 말하기 시작

했습니다.

"'둘도 없는 것'은 없어졌을 때는 참을 수 없게 슬퍼진다. 함께

있으면 행복하고 그렇지 않으면 슬프다. 그리고 '둘도 없는 것'이 있으면 어떤 난관이 닥치더라도 헤쳐 나갈 수 있단다."

리트는 언젠가 반드시 자신도 '둘도 없는 것'을 만나고 싶었습니다.

그 늙은 개는 너무 몸이 약해 밥도 제대로 먹을 수 없는 것 같았습니다.

"또 올게요."

리트는 잔디밭 위에 서서 가만히 '둘도 없는 것'에 대해 생각했습니다. 그때 잔디밭 끝에서 누군가가 걸어오고 있었습니다.

9

아씨가 리트를 찾아 왔습니다.

리트를 두 팔로 높이 껴 안으며 말했습니다.

"네 이름을 '레이첼'이라고 정했어."

"난 레이첼이 아니야."

아씨에게 리트의 목소리는 들리지 않았습니다.

그후 그녀는 때때로 리트의 곁에 와서 '레이첼.'이라고 부르고
잠시 있다가 금방 어디론지 사라지곤 했습니다.

리트는 '둘도 없는 것'을 찾기 위해 이제 여기를 떠나기로 작정
했습니다.

그러나 할아버지 개가 신경이 쓰여 당장 어쩔 수가 없었습니다.

할아버지 개는 리트가 오면 천천히 고개를 들고 상냥하게 웃어 주었습니다.

그리고 매일 같이 리트에게 여러 가지 이야기를 해 주었습니다.

"나의 부모님은 잘 생기셔서 챔피언이었고, 나 또한 챔피언이 되었지. 나를 보려고 많은 사람들이 찾아 왔지.

하지만 그런 것은 아무런 도움이 되지 않았어. 여기선 나갈 수도 없고, 매일 같은 하늘만 바라볼 뿐이야. 만나고 싶은 사람도 만나지 못했어."

"할아버지. 아씨는 만나고 싶은 사람이 아니었어요?

주인님도 그랬나요?"라고 리트가 물었습니다.

"모두가 원했던 것은 내가 챔피언 개라는 사실 뿐이야."라며 할아버지 개는 쓸쓸하게 등을 구부리며 말했습니다.

"아씨는 나쁜 아이가 아니야. 주인님은 숲을 갈아엎어 곳곳에 많은 집을 짓느라고 바쁘고 사모님도 매일 파티와 쇼핑하느라 분주하지.

사실 아씨는 항상 외롭게 보여. 주인님은 그것을 알고 있어. 아씨가 갖고 싶어 하는 것을 전부 사주시는 것 같아. 하지만 아무리 많이 사줘도 아씨는 '둘도 없는 것'을 만나지 못했고, 그것이 필요하다는 것조차도 깨닫지 못하는 것 같아."

리트는 아침에 일어나면 먼저 할아버지 개를 만나러 갔습니다.
그리고 해질 무렵까지 늘 같이 있었습니다.
할아버지 개는 그 때마다 "안녕, 왔어?"라고 리트를 부드럽게 맞아 주고 나서는 집안에서 일어나는 일이나 자신의 이야기를 들려주었습니다.

"아씨가 태어난 걸 알았을 때는 언젠가 함께 같이 놀 생각을 하며 가슴이 두근두근 거렸지.
그러나 난 늘 주인님의 자랑거리에 불과했고, 아씨도 내 곁에 오는 일은 별로 없었어. 그렇지만 어린 아기에서 아리따운 아씨로 자라는 모습을 멀리서나마 볼 수 있어서 기뻤어."
그 개는 아씨를 진심으로 좋아했지만 다소 씁쓸한 말을 이어

갔습니다.

"사모님은 옷에 털이 붙는 것을 유난히 싫어해, 내 곁에 아예 오지 않았어. 난 늘 외로움이 많았지. 그럴 때는 별과 달을 쳐다보며 위안을 받았지. 어릴 때 정원에서 다른 개들과 공놀이 할 때도 난 절대 뒤지지 않았어."

리트는 자신에게 모든 것을 털어 놓는 할아버지 개의 부드러운 얼굴을 보고 있으면 자신의 친할아버지 같은 느낌이 들어 마음이 매우 포근했습니다.

어느 날 주인이 친구들과 사냥을 할 때 일어난 이야기를 해 주었습니다.

푸른 하늘 아래 넓은 평원에서 개들이 대열을 갖추고 주인의 구호와 함께 일제히 녹음이 우거진 호수를 향해 달리기 시작했습니다.

시원스럽게 달리는 개들의 힘찬 모습과 호수에 뛰어 들어 물보

라를 일으키며 날아 오르는 새를 잡아 주인 곁으로 달려가던 할아버지 개의 젊은 시절의 모습을 상상했습니다.

리트는 특히 누구보다도 할아버지 개가 빨리 사냥감을 낚아 채 주인님을 기쁘게 하는 이야기가 가장 좋았습니다.

그 이야기를 할 때 할아버지 개의 얼굴은 상기되었고, 리트도 함께 사냥을 했던 것처럼 가슴이 벅차 올랐습니다.

"그러나 내가 다른 개보다 사냥감을 먼저 잡지 못하자, 주인님은 나를 더 이상 데리고 가지 않았지.

주인님이 나를 좋아하는 순간은 한때 챔피언이었다는 것과 가장 먼저 사냥감을 찾아낼 때 뿐이었어.

"결국 진실로 사랑해 준 것은 아니었어."라고 탄식했습니다.

"리트야. 내가 전에 '둘도 없는 것'이야기를 했었지. 둘도 없는 것은 서로 어떻게 되더라도 서로 소중하다고 생각하는 사이야."

할아버지 개가 너무 슬퍼 보여서 리트도 눈물을 흘리며 이야기를 들었습니다.

그러다가 할아버지 개가 즐거운 이야기를 털어 놓으면 리트도 마음이 두근거려 함께 춤이라도 추고 싶었습니다.

리트는 할아버지 개의 어떤 이야기든지 듣는 것만으로도 호기심이 넘쳤습니다. 이야기를 듣는 순간은 리트의 하루 중 가장 소중한 시간이었습니다.

그러나 할아버지 개는 기운이 떨어져 점차 밥을 먹지 못하게 되었습니다.

말수도 적어지고 조는 시간도 점차 길어지기 시작했습니다.

리트가 걱정이 되어 물었습니다.

"할아버지. 어떻게 된 거에요?"

그러자 다른 큰 갈색 개가 나서서 말했습니다.

"할아버지는 아주 오래 살았어. 점점 먹지 못하고 움직이지도 못해. 나이를 먹는다는 것은 이런 것이야."

리트는 나이를 먹는 것이 어떤 건지 잘 몰랐습니다. 다만 할아버지 개가 요즘 들어서 이야기를 많이 해주지 않아 재미가 없다고만 생각했습니다.

그러던 어느 날 할아버지 개는 리트에게 힘없는 목소리로 말했습니다.

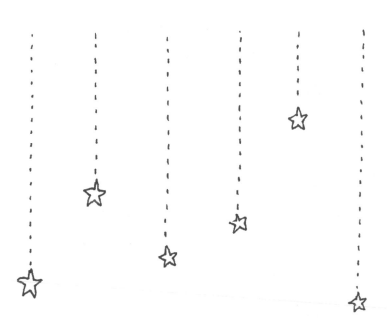

"리트야. 나는 곧 죽게 될 거야. 너는 나처럼 살지 마. 여기 있어 서는 안 돼. 어떻게 해서든지 '둘도 없는 것'을 찾아 여기를 빠져 나가도록 해."

리트는 할아버지 개가 곧 죽는다고 하자, 자신도 모르게 눈물 을 뚝 뚝 흘렸습니다.

"할아버지. 죽지 마세요. 이야기를 못해 줘도 할아버지만 있어 준다면 난 좋아요. 할아버지 곁에 있으면 늘 행복하고, 할아버지 가 없으면 난 너무 외로워. 할아버지는 나의 '둘도 없는 것'이야."

리트의 말이 끝나자마자 할아버지 개는 울먹이며 낮은 목소리 로 말했습니다.

"나를 '둘도 없는 것'이라고 말했니? 나는 매일 네가 와 주는 것 이 기쁘고 재미있었어. 여기에 와서 처음 느꼈지.

네가 있어 아프고 외로운 것을 참을 수 있었고 행복했단다.

고마워. 나는 늘 '둘도 없는 것'을 만나고 싶었어. 그러나 만날 수 없다고만 생각했었어. 너야말로 나의 '둘도 없는 것'이야. 죽기 전 에 '둘도 없는 것'을 만나게 되었구나. 내가 죽기 전에 '가슈다'가 너 를 이곳에 데려다 준거야."

할아버지 개도 '가슈다'라는 말을 썼습니다.

할아버지 개는 마지막 힘을 다해 리트에게 "고맙다."라는 말을 남기고 숨을 거두었습니다.

리트는 지금까지 전혀 느껴 보지 못했던 특별한 감정을 경험했습니다. 마음속에서 슬픔이 솟구쳐 참을 수 없었습니다. 얼굴을 들고 큰소리로 엉 엉 울었습니다.

얼마나 울었을까.

새벽 시간이 지나 아침 해가 뜨자 리트는 할아버지 개가 자신에게 당부한 말들을 생각했습니다.

'이대로 있으면 안 돼. 너의 인생이 여기서 끝낼 수는 없어.

'둘도 없는 것'을 찾아 가거라.'

리트는 할아버지 개가 가르쳐 준 대로 집을 나가기로 다짐했습니다.

그것은 할아버지 개와의 약속이었습니다.

10

리트는 아씨가 어디에 있는지 찾았습니다.

할아버지 개가 죽은 것을 알리고 또 이 집을 나가고 싶다는 말을 전하고 싶었습니다.

아씨는 오늘 아침 가게에서 사 온 고양이와 놀고 있다가 리트를 보고 작은 목소리로 말을 걸었습니다.

"레이첼. 무슨 일이야?"

"할아버지가 돌아 가셨어요."라고 리트가 말하자

아씨는 그냥 "응, 그래."라고 말할 뿐이었습니다.

"슬프지 않나요?"라고 리트가 묻자 아씨는 얼굴을 살짝 들고 태연하게 말했습니다.

"슬프지 않아. 그 개 대신 다른 개들이 많이 있어서."

리트는 '만약 할아버지 개가 이 말을 들었다면 얼마나 슬퍼할 것인가.'라고 한탄했습니다.

"내가 누군가의 대신이 되는 것도, 누군가가 나의 대신이 되는 것도 싫어. 나는 '둘도 없는 것'을 찾고 싶으니까. 이제 여기를 나갈 거야."라고 큰 소리로 말했습니다.

아씨는 이 말을 듣고 깜짝 놀랐습니다.

"여기 있으면 밥도 잘 먹을 수 있고, 잔디밭에서 마음대로 뒹굴며 놀 수도 있는데 이게 싫어?"

그러자 리트는 눈물을 흘리면서 소리쳤습니다.

"당신은 나의 '둘도 없는 것'이 아니에요. 난 '둘도 없는 것'이 없으면 너무 슬퍼서 못 살아요. 당신은 제가 없어져도 슬프지 않고 그냥 개가 많이 있다고만 할 것이지요? 난 할아버지가 돌아가신 것이 너무 슬퍼요. 오랫동안 함께 하고 싶었어요."

아씨는 리트의 솔직한 말에 큰 감동을 받았습니다.

이제야 리트의 소중함을 알게 되었습니다.

그것은 처음 겪는 마음이었습니다.

"가지마. 레이첼. 네가 없어지면 난 쓸쓸해 질 것 같아."라고 아씨가 말하자 리트는 신세를 진 아씨의 부탁을 들어 주는 것도 좋을까 라고 잠시 생각했습니다.

하지만 리트는 마음을 단단히 먹었습니다.

리트는 크게 외쳤습니다.

"아씨. '둘도 없는 것'이 있으면 아무리 힘든 일이 있어도 살 수 있어요. 저는 그것을 만나야 해요."

"너는 바보 구나. 엄마와 아빠는 돈만 있으면 어떤 일이 있어도 괜찮다고 했어."

리트는 고개를 좌우로 흔들며 말했습니다.

"아니에요. 아씨. 그것은 아니에요. 할아버지는 제가 있으면 아픈 것도, 슬픈 것도 괜찮다고 말해 주었어요. 아씨도 이제부터 '둘도 없는 것'을 찾으세요."

그러자 아씨는 "더 맛있는 것도 주고, 장난감도 사 줄께. 그대로 있어. 제발."이라고 말했습니다.

그러나 리트는 가겠다고 눈물로 애원했습니다.

리트의 간절한 말에 아씨의 마음이 흔들렸습니다.

"혈통서도 없는 너를 여기에 데려온 게 아니었어. 너 마음대로 가!"

아씨는 리트를 안고 다시 말했습니다.

"여기에 있으면 굶지는 않을 거야. 간다면 넌 바보야."

그래도 리트는 다시 고개를 옆으로 저었습니다.

"네가 좋다면 할 수 없지."

리트의 작심을 끝내 막지 못한 아씨는 대문까지 배웅했습니다.

리트가 고맙다는 인사를 하고 문 밖으로 나가려 하자 아씨는 몹시 서운했습니다.

아씨는 슬픈 목소리로 외쳤습니다.

"가지마. 제발 다시 돌아와!"

리트는 마음을 굳게 먹고 아씨를 뒤로 하고 떠났습니다.

아씨는 자신도 놀랄 만큼 외롭고 슬퍼서 어쩔 줄을 몰랐습니다.

리트의 귀여운 꼬리, 큰 귀나 목을 갸웃거리며 자신을 쳐다보
는 천진난만한 눈동자를 더 이상 볼 수 없다고 생각하니 허탈감
이 밀려 왔습니다.

그리고 리트를 보내 버린 것을 진심으로 후회했습니다.

아씨는 리트가 말 한대로 "둘도 없는 것"을 잃어 버렸다는 생각
이 들기 시작했습니다.

11

집을 나간 뒤 리트는 무작정 달렸습니다.

어디로 그리고 왜 달리고 있는지도 리트는 몰랐지만, 누군가 자신을 기다리고 있다고 생각했습니다. 비가 내리기 시작하자 금방 몸이 흠뻑 젖었습니다.

한참을 달리고 나서 마을 외곽의 작은 집에 도착했습니다.

그때 그 집에 사는 한 여자애가 아침부터 안절부절 못하며 말했습니다.

"엄마. 오늘은 뭔가 중요한 일이 일어 날 것 같아요. 왠지 모르지만 아무래도 오늘은 나가서 뭔가를 해야 할 것 같은 생각이 드네요."

엄마는 살짝 미소를 지으며 말했습니다.

"올리야. 엄마도 그런 적이 있었지. 아빠와 처음 만난 날도 그랬어. 예감이란 중요하단다. 좋은 일만 있으면 좋겠다."

비가 그치자 햇살이 되살아나면서 큰 무지개가 나타났습니다.

올리는 밖으로 그냥 뛰어 나가고 싶어 어쩔 줄을 몰랐습니다.

"이 쪽이야."라고 혼잣말을 하며 무작정 달리고 있는데 올리의 눈에 어떤 강아지가 자기 앞으로 달려 오는 것이 보였습니다.

리트는 올리 앞에 멈춰 섰습니다.

둘은 순간 서로를 바라보았습니다.

그리고 둘이 서로 '알았어.'라고 생각했습니다. 무엇을 알았는지 알 수 없었지만 리트는 분명 이 여자애가 나의 '둘도 없는 것' 이라는 생각이 들었습니다.

여자애도 리트의 눈을 자세히 들여다 보고 "우리 서로 친구 할까?"라고 속삭였습니다.

그 말을 들은 리트는 너무 기뻐서 꿈같은 현실이 금방 사라져 버릴까 싶어 꼬리를 마구 흔들었습니다.

여자애가 리트를 안았고 리트는 여자애의 얼굴을 날름 날름 핥았습니다.

"괜찮다면 우리 집에 같이 갈까?

리트는 또 기쁘게 꼬리를 흔들며 답했습니다.

"그래요. 누나 집에 갈게요. "

둘은 집을 향해 걷기 시작했습니다.

"네 이름은 뭐야? 나는 올리라고 해."

올리는 리트를 가만히 보고 고개를 갸웃거리며 물었습니다.

"너는 마치 어린 왕자 같아. 그리고 '어린 왕자'는 영어로 '리틀 프린스LITTLE PRINCE'라고 하는데 그래서 '리트'라고 부르고 싶은데 좋을까?"

'어린 왕자'는 여자애가 좋아했던 책이었습니다. 돌아가신 아빠가 여자애 생일날 선물로 준 소중한 책 이었습니다.

처음에는 아빠와 엄마가 읽어 주고, 글자를 읽을 수 있게 되고 나서는 혼자 여러 번 읽었습니다.

언젠가 비행사와 왕자, 여우처럼 서로를 소중히 여기는 친구가 생기면 좋겠다는 꿈을 꾸고 있었습니다.

리트는 자신의 이름이 왜 리트인지를 이제야 알았습니다.

드디어 리트를 '리트'라고 불러주는 사람과 만났습니다.

리트는 너무 기뻐서 어쩔 줄을 몰랐습니다.

12

올리와 리트는 나란히 걸었습니다.

마을 밖의 작은 통나무집에는 올리와 엄마가 살고 있었습니다.

그 집의 굴뚝이 보였습니다.

리트가 "좋은 냄새가 나요."라고 말하자

"호호호. 리트. 배고파? 먹고 싶어?"라고 올리가 물었습니다.

"엄마는 빵 굽는 일을 하셔. 집에서 매일 빵을 구워 마을 시장
에 내다 팔아."

올리는 엄마의 일을 무척 자랑스럽게 생각하며 말했습니다.

둘이서 엄마를 기다리고 있는데 엄마가 나무 문을 열고 들어
왔습니다.

올리는 너무나 소중한 이야기를 할 생각으로 가슴을 두근거리며 엄마를 불렀습니다.

엄마는 딸이 평소와 다른 무언가를 이야기 할 것이라고 생각했습니다.

그리고 딸이 팔에 작은 강아지를 안고 있는 것을 보았습니다.

"엄마. 이 강아지는 '리트'라고 해요. 내가 바로 알았어요.

'리트'는 처음부터 무척 만나고 싶었던 친구에요. 앞으로 계속 함께 살고 싶어요."라고 말했습니다.

엄마는 여자애를 "올리야." 라고 조용히 부르며 눈높이에 맞추어 허리를 구부렸습니다.

올리에게 무언가 해야 할 말이 있었습니다.

그런데 엄마는 목까지 올라 온 말을 할 수가 없었습니다.

엄마는 이곳이 빵을 굽는 곳이라 개와 같이 있을 수 없다는 말을 하고 싶었습니다.

올리는 지금까지 한 번도 엄마에게 엉뚱한 말을 한 적이 없었습니다.

"이번 일은 무슨 특별한 것일까? 저렇게 기뻐 뛰어 다니는 모습을 보니."

라고 엄마는 마음속으로 생각했습니다.

"알았어, 올리야. 어떻게든 할 테니 기다려 봐. 좀 나갔다 올게."

엄마는 밖으로 나가려다 리트 등에 있는 무늬를 보았습니다.

"올리. 이 강아지의 등에는 천사의 날개가 그려져 있구나."

라고 하자 올리가 빙그레 웃으며 말했습니다.

"리트의 다리 색은 분홍색과 검정색이 섞여 있어요. 모두 다 예뻐요."

올리도 엄마도 이제 리트의 모든 것이 귀엽고 사랑스러웠습니다.

13

올리와 리트는 집 밖에서 엄마가 돌아오시길 기다리고 있었습니다.

리트는 정말로 이 집에서 살 수 있을까 하고 가슴이 두근거렸습니다.

올리와 함께 새롭고 즐거운 생활이 시작되는 것을 기대했습니다.

잠시 후 엄마는 동네 할아버지와 함께 돌아 왔습니다.

할아버지는 항상 엄마와 올리를 도와주시는 분이셨습니다.

할아버지가 앞에서 끌고, 엄마가 뒤에서 밀고 온 수레에는 오래된 나무 문짝 두 개가 실려 있었습니다.

"할아버지. 항상 고맙습니다." 엄마가 말했습니다.

할아버지는 고개를 흔들며 부드럽게 웃으며 말했습니다.

"무슨 말을 하는 거야. 돌아가신 올리 아빠는 내 아들을 항상 도와주었잖아. 올리 엄마는 맛있는 빵을 언제나 나누어 주었어. 나는 이런 일 밖에 할 수 없지만 언제든지 뭐든지 말하면 기쁘게 도와줄게요."

엄마는 톱과 망치를 가지고 문짝을 달았습니다.

"뭘 하고 있는 거예요?" 리트가 묻자 올리가 기쁜 듯이 말했습니다.

"엄마는 뭐든지 잘 만드셔. 이 집은 처음에는 작은 창고였어. 그것을 우리가 사는 집으로 고친 것도 아빠와 엄마야."

리트는 올리가 엄마를 얼마나 사랑하고 자랑스러워 하는지 알고 왠지 기뻤습니다.

누군가가 누구를 좋아한다는 것은 그것만으로도 그냥 주위 사람들을 행복하고 기쁘게 만든다는 것을 알게 되었습니다.

엄마가 말했습니다.

"자, 됐어. 이제 안으로 들어가도 돼."

집 한 구석에 문짝을 이어 붙인 작고 앙증맞은 개 집이 만들어졌습니다.

엄마는 다른 문짝으로는 빵을 굽는 부엌 한편을 막았습니다.

엄마는 리트의 눈을 쳐다보고 천천히 말했습니다.

"리트의 털은 가볍기 때문에 날려서 빵 안에 들어 갈 수 있어. 엄마가 일하는 곳에 절대 들어 가지 않겠다고 약속 할 수 있어?"

리트는 잘 알아 듣고 말했습니다.

"약속 할게요. 그쪽에는 아무리 맛있는 냄새가 나도 들어가지 않겠어요."

리트는 이렇게 엄마와 올리의 가족이 되었습니다.

14

엄마의 아침 시간은 늘 바빴습니다.

올리가 자고 있는 시간에도 엄마는 조용히 침대에서 빠져 나가 부엌으로 갑니다.

엄마가 일어나면 리트는 올리 침대에서 살짝 빠져 나와 문짝 사이에서 엄마의 일하는 모습을 지켜보는 것을 좋아했습니다.

"빵을 어떻게 만드는 걸까?"

리트가 빵 만드는 방법을 알고 싶어 하는 것을 안 엄마가 리트를 위해 문 아래쪽에 작은 구멍을 만들어 주었습니다.

리트의 관심을 끈 것은 작은 병 속의 내용물 이었습니다.

며칠 전 엄마가 병에 사과와 물을 넣는 것을 보았습니다.

"이 병에서 생명의 경이로움을 볼 수 있을 거야."라고 엄마가 말해 주었습니다.

사과와 물이 담긴 병은 처음에는 투명했지만 때때로 병을 흔들어 주면서 3일 정도 지나자 내용물이 하얘지고 거품이 올라오기 시작했습니다.

엄마는 리트가 있는 창문에 물병을 가져다 놓았습니다.

"자, 봐요. 몽글 몽글 부풀고 있는 게 보이지? 지금 온도가 높기 때문에 발효가 빨라지지. 이 힘으로 빵을 빚는 거야."

리트는 항상 조용히 일하고 있는 엄마의 모습을 자세히 관찰하며 지켜보았습니다. 그래서 큰 갈색 종이 상자 안에 들어 있는 하얀 밀가루로 빵을 만든다는 것을 알았습니다.

거기에 소금과 물을 넣고 반죽을 만드는 광경도 보았습니다.

하지만 밀가루와 소금, 물만으로는 그렇게 말랑 말랑한 빵을 만들 수는 없습니다.

부풀리는 무언가가 필요했는데 그것은 사과와 물로 만든 하얀 액체였습니다.

엄마는 "이 사과물이 발효되어 그 힘으로 빵을 부풀게 하는 거야." 라고 말했습니다.

리트는 그 사과물이 궁금해 다시 물었습니다.

"물과 사과를 넣고 가끔 흔들어 주는 그 액체가 빵을 부풀리는 힘이라고요?"

엄마는 일이 끝난 뒤 리트를 안고 얼굴을 보면서 이야기 해주었습니다.

"리트야. 사과도 물도 그리고 다른 무엇에도 큰 힘이 깃들어 있단다. 밀가루, 소금에서도 그 힘이 있어. 엄마가 빵을 만드는 게 아니라 그것들이 만드는 거야.

그래서 모두가 갖고 있는 힘은 자신을 위해서만 사용해서는 안 되는 거야. 누군가의 행복을 위해 사용해야 해.

그리고 리트도 당연히 받은 큰 힘이 있어. 리트의 털 하나 하나에도 있다는 것을 알아야 해. 그 큰 힘은 누군가의 행복을 위해 지금 네 속에 있는 거야."

리트는 엄마의 말의 전부를 알 수 없었지만 꼭 기억하자고 다짐했습니다.

15

리트와 올리는 늘 하루 종일 재미있게 놀고, 저녁에는 함께 잠을 잤습니다.

어느 날 밤, 리트는 전에 올리가 가르쳐 준 것을 기억했습니다.

"엄마의 빵이 특별하게 맛있는 것은 엄마가 재료를 반죽 할 때 항상 '이 빵을 먹는 사람을 행복하게 해주세요.'라고 기도하기 때문이야."

물론 리트도 엄마가 늘 반죽하기 전에 눈을 감고 손을 모으고 기도하는 것을 보았습니다.

리트는 올리 엄마의 부드러운 얼굴을 떠올리며 잠을 자면 밤하

늘의 달, 별 그리고 풀, 나무들이 가족들을 지켜 주고 있는 것 같았습니다.

아침 해가 떠오르는 무렵 맛있는 냄새가 났습니다. 빵 굽는 냄새였습니다.

리트는 마냥 행복했습니다.

"역시 엄마의 빵은 대단해."

리트는 여러 종류의 빵 이름도 기억했습니다.

엄마는 리트 모양의 빵도 구워 주었습니다.

그 빵을 본 아이들이 귀엽다고 해서 엄마들이 많이 사 가니 리트도 기뻤습니다.

그들이 머리와 꼬리를 먹으며 리트를 생각하는 모습을 상상하니 마냥 즐거웠습니다.

구운 빵을 매일 아침 마을시장으로 가지고 갔습니다.

시장에는 아침에 딴 야채, 신선한 생선, 맛있는 고기 등 농가나 목장에서 가져온 질 좋은 식재료가 가득 진열되어 늘 활기가 넘치고 있었습니다.

엄마는 시장에 도착하면 가게 사람들에게 웃는 얼굴로 "좋은
아침 되세요."라고 먼저 인사를 합니다.

시장에서 가장 인기 있는 품목은 단연 올리 엄마의 빵 입니다.
늘 단골 손님들이 많았습니다.

"당신 빵이 최고야."

"아이들이 이 빵을 먹고 너무 맛있다고 해요."

"시장에는 여러 가지 맛있는 것이 가득하지만 역시 특별해요."

"이 빵을 먹으면 나는 행복해요."

빵을 먹은 사람들이 이렇게 말해 줄 때 엄마는 언제나 즐거웠습니다.

올리 엄마는 "빵을 먹어 주는 사람이 행복해지는 것이 나의 행복이에요. 빵 만드는 일이 정말 좋아요."라고 늘 말했습니다.

한번은 이런 일도 있었습니다.

방앗간 아저씨가 밀가루를 가져 오는 날이었습니다.

"당신 빵은 늘 맛있어요. 그런데 왜 이렇게 싼 가격으로 팔아요? 이렇게 훌륭한 빵이라면 세배 가격으로 팔아도 문제가 없지. 아침 시간에 다 팔리니 많이 만들면 큰돈을 벌 수 있는데."

하지만 올리 엄마는 조용히 웃으며 고개를 옆으로 저으며 말했습니다.

"나는 돈만 벌고 싶어서 빵을 굽는 것이 아니에요. 사람들이 행복하다고 말해 주면 그 이상 기쁜 일이 없어요."

"모두가 행복하면 저도 행복해요. 그래서 모두의 행복을 빌며 빵을 만들고 있어요. 돈이 많이 있어도 다 쓸 수 없잖아요. 돈도 중요하지만 돈으로 살 수 없는 것도 많아요."

리트는 지금까지 만난 사람들을 생각해 보았습니다.

목장 주인, 길가에 앉아 있던 할머니, 고양이 잡는 사람, 큰 집의 주인과 사모님, 모두 "돈이 되지 않는 것은 아무 필요 없다."고 말했습니다.

"돈이 최고다. 중요하다."라고 다들 외쳤습니다.

"그러나 올리 엄마는 그 사람들과는 다르구나. 사실 어느 쪽이 중요한 것 일까?" 라고 리트는 곰곰이 생각해 보았습니다.

사람들은 돈이 많아도 올리 엄마만큼 행복해 보이질 않았습니다.

16

어느 날 올리의 엄마에게 빵 주문이 많이 들어 왔습니다.

빵의 명성을 전해 들은 큰 병원의 원장 선생님이 병원에 있는 사람들에게도 엄마의 맛있는 빵을 먹여 주고 싶다고 한 것입니다.

보통 때라면 그렇게 많은 빵을 구울 수 없다고 거절했을 겁니다.

그러나 원장 선생님의 간절한 부탁에 감동되었습니다.

엄마는 "그래, 내가 구운 빵을 모두에게 주고 싶어."라고 다짐했습니다.

빵을 보내 주기로 약속 한 전날부터 올리 엄마는 빵을 만들기 시작했습니다.

하나 하나 정성스럽게 기도하는 마음으로 밀가루를 반죽했습니다.

빵을 먹을 그들이 환하게 웃는 모습을 상상하면서 만들다 보니 마지막 빵이 구워 질 무렵에 해가 뜨기 시작했습니다.

올리 엄마는 서둘러 구운 빵 전부를 병원에 가져갔습니다.

그날 저녁, 올리 엄마는 기뻐서 올리와 리트에게 말했습니다.

"병원에 있는 사람들이 엄마의 빵을 너무 맛있게 먹었다고 들었어. 모두가 행복해 기운이 되살아 났다고 다들 칭찬을 했단다."

"그래서 원장 선생님이 돈을 많이 주셨는데 엄마는 그렇게 많이 주실 필요가 없다고 말했어."

"그러나 그 분은 '빵을 많이 만들어 모두 행복하게 해 주세요.'라며 돈을 두고 가셨단다."

"그 돈으로 빵을 많이 만들어 시장에서 파는 것보다 배고픈 사람이나 힘없는 사람들이 엄마의 빵을 먹고 웃는 모습을 보았으면 좋겠어."

90

17

리트는 늘 행복했습니다.

매일 아침 빵이 구워 질 무렵에 올리도 리트도 같이 일어나고 아침 식사 전에 산책을 합니다.

리트가 산책 중 신기한 것들을 만나는 것은 즐거운 일 이었습니다.

어느 날 나무 잎에 달팽이가 있었습니다. 리트는 그것이 먹을 수 있는 것일까 생각하고 살짝 입을 대었습니다.

그 순간 달팽이의 더듬이가 곧 작아 졌습니다.

그것을 보고 리트가 깜짝 놀라 뒤로 물러나자 올리가 크게 웃었습니다.

어느 비가 갠 아침이었습니다.

작은 개구리들이 곳곳에서 팔짝 팔짝 뛰고 있었습니다.

어디로 걸으면 좋을지 몰라서 리트는 망설였습니다.

"올리, 나를 안아서 걸으면 안돼요?"

올리는 리트를 안고 걷기 시작했습니다.

때때로 같이 시장 나들이도 했습니다.

한 달에 한번 올리 엄마는 빵을 가지고 가게들이 즐비한 도시 상가에 나가기도 했습니다.

그곳에 갈 때는 올리와 리트는 늘 동행 했습니다.

그곳은 마을 시장보다 훨씬 크고 가게들이 많았습니다.

볼 것도 많고 진기한 물건들이 즐비합니다.

과일, 채소 등 먹거리뿐만 아니라 외국에서 온 예쁜 식기와 램프, 그릇, 찻잔, 접시 등 다양한 물건들이 많았습니다.

길거리 공연은 지나가는 사람들의 시선을 모으고 발걸음을 멈추게 했습니다.

그래서 걷고 있는 것만으로도 행복했습니다.

이곳에서도 엄마의 빵은 인기가 대단했습니다.

매달 엄마의 빵을 애타게 기다리고 있던 사람들이 긴 줄을 서서 빵을 샀습니다. 빵은 금세 동이 났습니다.

리트가 도시에 가서 구경을 하다 보니, 지금까지 있었던 여러 가지 일들이 되살아 났습니다.

큰집 앞을 지나면서 아씨와 상냥한 할아버지 개가 생각났습니다.

할아버지 개의 다정한 눈동자가 떠오르지만 지금은 더 이상 볼 수 없어 눈물이 핑 돌았습니다.

길거리에서 구걸을 하고 있던 할머니에게 쫓기던 일이나 고양이 잡는 사람에게 잡힐 뻔 했던 아찔한 기억과 검은 고양이의 가족을 만난 순간을 떠 올렸습니다.

그리고 도시에 오기 전에 만난 할아버지 개, 몹시 배고파 쓰러질 뻔 했을 때 목장의 암소가 젖을 먹여 준 것도 생각났습니다.

옛날이 생각날 때마다 리트는 올리와 올리 엄마에게 지금까지 만난 사람들과 동물들의 이야기를 했습니다.

그 이야기를 듣고 이렇게 작은 리트가 많은 모험을 해온 것에 대해 올리 엄마도 올리도 무척 놀랐습니다.

그리고 이들은 이런 리트를 만나서 정말 좋았다고 여러 차례 껴안았습니다.

그렇게 리트가 올리 그리고 올리 엄마와 함께 생활하기 시작한 지도 어느덧 일 년이 지났습니다.

그런 즐거운 삶을 살고 있는데 갑자기 엄청난 일이 일어났습니다.

18

어느 날 밀가루를 파는 방앗간 아저씨가 파랗게 질린 얼굴을 하고 집으로 찾아왔습니다.

"도시에서 무서운 전염병이 유행하고 있단다. 벌써 많은 사람들이 병에 걸려 죽은 것 같아. 이 마을도 곧 유행할지도 몰라. 정말 무서운 일이다. 너희들은 집에서 나오지 않는 게 좋겠어. 나도 그렇게 하려고 해.

더 이상 올리 엄마의 빵을 먹을 수 없다고 생각하니 너무 슬퍼. 시장도 문을 달을 거야. 어쨌든 사람과 사람이 만나지 않도록 해야 돼."

아저씨는 올리 엄마와 올리를 걱정하면서 고개를 숙이고 힘없이 돌아 갔습니다.

울리 엄마 옆에 있던 리트는 그들의 대화를 다 듣고 있었습니다.

리트는 마음속으로 생각했습니다.

'전염병이 뭐야? 집에서 나오지도 못하고 어떻게 살지? 음식은 어떻게 먹어?'

리트의 마음도 술렁거렸습니다.

리트의 불안한 모습을 지켜보던 올리 엄마가 리트의 머리를 쓰다듬었습니다.

"리트야, 괜찮아."

리트와 올리 가족들이 사는 집에는 다행히 작은 텃밭이 있었습니다. 토마토와 오이가 자라고 있었습니다. 수확한 양파는 처마 밑에 걸어 두었습니다.

감자도 곧 수확할 것입니다.

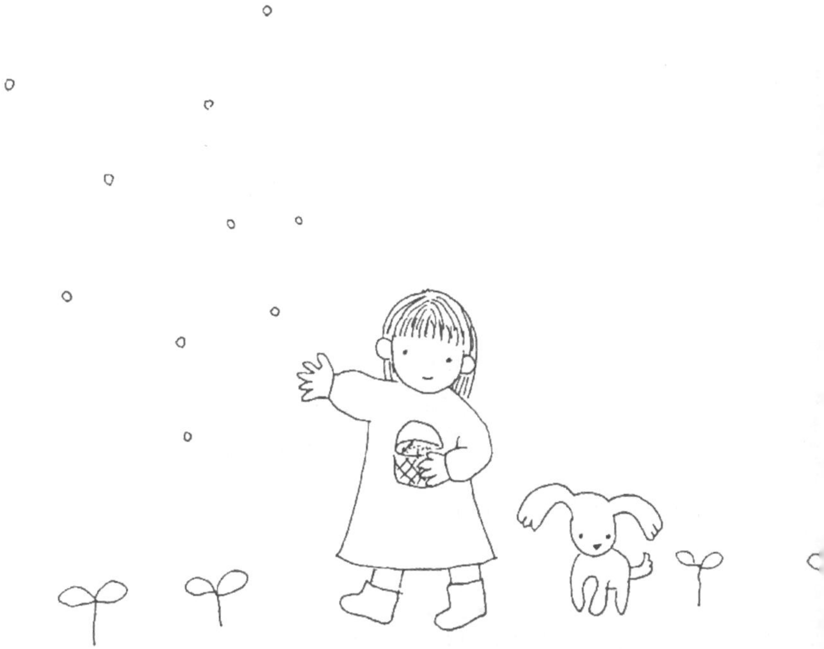

집 뒤 텃밭에는 채소도 아직 많이 있습니다.

그렇지만 다른 사람들은 어떻게 먹고 있는 걸까?

문득 리트는 큰집 아씨의 잔디밭과 정원이 생각났습니다.

'아씨는 무얼 먹고 있을까? 그리고 검은 고양이 가족이나 그 동안 만난 사람들은 어떻게 살고 있을까?'라고 걱정을 했습니다.

19

리트가 잠시 얼굴을 돌리니 올리 엄마가 뭔가 깊은 생각에 잠겨 있었습니다.

"무슨 일이에요? 엄마."

리트가 묻자 올리 엄마는 리트의 얼굴을 바라보며 이야기를 시작했습니다.

"리트야. 십년전 이 근처에 지금처럼 전염병이 유행한 적이 있었어. 얼마 전 문짝을 주신 할아버지 알지. 올리 아빠가 그때 할아버지의 아들이 전염병에 쓰러지자 올리 아빠는 그 아들을 업고 병원에 갔었어. 나는 올리 아빠에게 병이 옮겨지지 않을까 걱정을 많이 했단다."

"아빠는 착한 사람이었기 때문에 자기 자신보다 남을 먼저 도와야 한다며 할아버지의 아들을 업고 병원엘 가셨지."

"그 후에 울리 아빠는 만약 자신이 병이 들면 올리와 나에게 옮길지도 모르기 때문에 마을 변두리에 있는 오두막집에서 혼자 있겠다고 하셨어."

"그 오두막집은 지금은 없어졌지만 저 해바라기 밭 옆에 있었지. 전염병은 즉시 발병하지 않기 때문에 당분간 거기에 머물고 있다가 아무런 이상이 없으면 바로 돌아오겠다고 올리 아빠가 말했지."

"그런데 불행히도 아빠는 전염병에 걸린 거야. 결국 병원에도 가지 못한 채 돌아 가셨어."

"처음엔 나는 올리 아빠가 병에 걸린 지도 몰랐어. 그래서 엄마는 매일 구운 빵과 음식을 가져가 아빠 오두막집 앞에 두고 왔었지."

"돌아가시기 전 날도 올리 아빠와 엄마는 문을 사이에 두고 이야기를 했었어."

"그때 올리 아빠는 자기는 괜찮다고. 시간이 지나면 집으로 갈 거라고. 엄마가 구운 빵을 늘 좋아한다고 했었지."

"하지만 다음날 가보니 아빠의 목소리가 쉰 것 같았어."

"엄마가 안으로 들어 가려고 하사 아빠가 '들어오면 안 된다'고 크게 소리 치셨어."

"올리를 위해서라도 들어오면 안돼요. 엄마는 살아서 모두를 행복하게 해야지. 엄마의 빵은 대단해요. 사랑해요. 나는 죽어도 늘 곁에 있으니까 날 잊지 말아요."

아빠는 그렇게 말하고 돌아 가셨어."

"그래서 전염병을 가볍게 보면 안 돼."

올리 엄마는 슬픔을 억누르며 이렇게 차분히 말했습니다.

리트는 오두막집이 불에 타 올리 엄마와 올리가 울면서 멍하니 서 있는 모습을 떠올렸습니다.

꿈인지 생시인지 알 수 없었습니다만 너무 슬픈 장면이었습니다.

올리 엄마도 옆에서 이야기를 듣고 있던 올리도 울고 있는 것 같았습니다.

올리 아빠의 오두막집은 왜 없어 졌을까?

지금 리트의 머리에 떠오르는 것처럼 정말 오두막은 불에 타 버린 걸까요?

리트는 묻고 싶은 것이 많았지만 슬픈 올리 엄마를 보면 아무것도 물어 볼 수 없었습니다.

올리 엄마는 천천히 고개를 들며 말했습니다.

"병 외에 또 무서운 것은 먹을 것이 없는 것이야. 그 때도 그랬어. 못 먹어서 죽은 사람도 많았어."

"전염병의 대유행 이후 엄마는 항상 언제나 먹을 것을 스스로 만들도록 했어. 우리 집은 텃밭에 채소도 있고, 밀가루도 많이 있어. 하지만 아무것도 없는 집이 더 많을 거야. 먹지 않으면 죽는 거야. 리트도 알겠니? "

리트는 이곳에서는 잘 먹고 있지만 여기 오기까지 너무 배가 고파서 물로 배를 채우고, 걷기마저 힘들었던 아픈 기억들이 떠올랐습니다.

올리는 오래진부터 엄마에게 묻고 싶은 것이 있었습니다.

그러나 엄마의 이야기를 듣고 보니 확실히 더 알고 싶었습니다.

"엄마. 전염병은 왜 생기는 건가요? 아빠는 아무 잘못도 하지 않았는데 왜 돌아 가셨나요? 누구 때문이에요? 누가 나쁜 가요?"

20

엄마는 올리와 리트를 끌어 안고 말했습니다.

"누구의 잘못인가? 누가 나쁘다는 생각으로 전염병이 사라지는 것은 아니야. 누군가를 원망하면 도리어 나쁜 방향으로 가는 거야. 우리가 할 수 있는 것은 지금 무엇을 하면 좋을지 생각하고 앞을 향해 걸어 가야해."

"모든 것이 필요하기 때문에 일어나는 것이라고 엄마는 생각하고 있어. 그래서 그 무서운 전염병도 분명 어떤 이유가 있을 거야. 그래서 시간이 지나면 알 수 있을 지도 몰라."

"엄마, 올리, 리트도 모두 죽고 나서야 알 수 있는 것도 있어."

엄마는 올리와 리트가 안심하도록 차분히 설명했습니다.

"아빠는 '아무리 곤란한 일이 일어나는 것도 언젠가 좋은 날을 위해 있는 거야'라고 하셨어. 아빠가 돌아가신 것도 언젠가 좋은 날로 이어질지 모르지만, 아빠는 '가슈다'가 항상 우리를 지켜 주고 있다고 믿고 계셨어."

"자신만이 아니고 모두가 함께 살아가라고 말씀 하셨지.

그래서 엄마는 '가슈다'가 가르쳐 주는 소리에 항상 귀를 기울이고 있었어."

"그 전에 엄마가 많은 밀가루를 구입했던 것 기억나니? 밀가루를 살 때 엄마는 가슴이 두근두근 거렸지. 왜냐하면 뭔가 중요한 이유가 있는 것 같았어."

"그리고 알았던 거야. 먹을 것이 없는 사람들을 위해서 빵을 많아 구워야 한다는 것을."

리트는 그때 사과물을 생각했습니다.

"엄마. 하지만 사과가 없잖아요?"

"리트야. 빵을 부풀리는 것은 사과가 아니라도 괜찮단다. 전에 얘기했듯이 어떤 것에도 힘이 있어. 예를 들어 말린 포도나 무말랭이라도 좋아."

"그 외에도 빵을 발효시킨 반죽을 조금 넣으면 그 안에 있는 힘을 이용해 또 빵을 발효시킬 수 있어. 그래서 괜찮아."

"아빠는 엄마의 빵에는 사랑의 힘이 있다고 늘 말해 주셨어. 엄마는 그때부터 계속 연구했어. 그래서 그 전보다도 더욱 몸에 좋고 힘이 있는 빵을 만들 수 있게 되었어."

"이 빵을 먹으면 곧 행복해 진다고 믿어. 언제나 자신의 일보다 남을 위해 살던 아빠를 생각하면서 만들었지. 분명 아빠도 기뻐해 주실거야."

그러나 올리는 엄마가 하려고 하는 것이 무엇인지를 알고 고개를 좌우로 저었습니다.

"안 돼. 안돼요. 엄마. 거리의 사람들에게 빵을 배달하면 아빠와 같이 엄마도 죽어요. 저를 혼자 남겨 두지 마세요."

리트는 그 순간에 자신이 해야 할 일을 분명히 알았습니다.

"저에게 모든 걸 맡겨 주세요."

"리트는 아직 작은 강아지인데 그런 큰 일을 할 수 있을까?"

엄마는 고민했습니다.

빵은 사람이 운반하지 않으면 안된다는 것은 알고 있었기 때문입니다. 자신이 아프면, 올리가 외톨이가 되어 버린다는 것도 알고 있었습니다. 아빠를 여읜 슬픔을 다시 또 올리에게 넘겨줄 수는 없었습니다.

이 마을은 아직 전염병에 걸린 사람은 없었습니다.

엄마는 서둘러 마을 방앗간 주인에게 가서 전염병으로 거리에서 개가 죽었는지 물었습니다.

그는 말했습니다.

"개나 새가 쓰러져 있다는 얘기는 듣지 못했으니 동물은 괜찮을 것이다."

그러나 그는 이렇게 탄식했습니다.

"저런 작은 강아지가 무엇을 할 수 있을까 생각해 봐요. 올리 아빠는 강한 사람이었지만 전염병을 이기지 못했어요. 그 전염병 앞에서는 우리 모두가 무기력해요. 아무도 무엇을 할 수도 없어. 우리는 너무 나약해."

엄마는 밤새도록 아빠가 돌아가신 것과 방앗간 주인의 말을 곰곰이 생각해 보았습니다.

그러다가 무언가를 생각하며 리트를 가만히 바라다 보았습니다.

엄마는 리트의 눈 속에서 '가슈다'의 큰 빛을 발견하고 기뻐서 말했습니다.

"리트야. 너는 할 수 있겠구나."

"그래요. 할 수 있어요. 누군가가 시켜서 하지 않고 제 스스로 하고 싶어요."라고 리트가 자신 있게 말했습니다.

엄마도 고개를 끄덕였습니다.

"그래, 엄마 생각도 같다. 누가 부탁해서 하기 보다는 스스로 빵을 굽고 싶고, 많은 사람들에게 나눠 주고 싶어. 뭔가 흥분되고 힘이 솟아. 그것은 큰 힘, '가슈다'가 원하고 있다는 증거야."

"그럴 때는 반드시 '가슈다'가 응원해 준단다. 그래서 괜찮아. 리트야, 괜찮아."

올리도 리트도 엄마의 말에 공감했습니다.

그러나 한편 올리는 엄마도 사랑하고 리트도 사랑하지만 리트가 위험에 처할 수 있는 것이 너무 가슴이 아파 어떻게 해야 할지 모르고 있었습니다.

하지만 지금까지 엄마가 괜찮다고 하는 것은 항상 좋았기에 분명 괜찮을 거라고 생각했습니다.

엄마는 바로 빵을 만들기 시작하며 늘 그랬듯이 좋은 마음을 담아 '모두가 행복하게 해 주세요.'라고 정성스럽게 밀가루를 반죽하기 시작했습니다.

이번에는 사과물 대신에 자두를 사용했습니다.

오래 계속 맛있게 먹을 수 있도록 빵을 고온에서 바삭 구웠습니다.

빵 굽는 가마에서는 '바스락, 바스락' 마치 낙엽 밟는 소리가 들렸습니다.

그리고 올리는 빵을 종이로 싸는 일을 맡았습니다.

점점 많은 빵이 만들어지는 것을 보고 리트는 한편 걱정이 되었습니다.

리트의 몸이 작아서 많은 빵을 나르기 어렵기 때문입니다.

엄마도 그것을 알고 있었습니다.

"리트야. 미안하지만 마을 사람들에게 빵을 나누어 주어야 한단다. 여러 차례 가야하는데 괜찮겠어? 사실 먼 도시도 가야 하지만 어쩔 수가 없지. 어떻게 하면 좋을지. 지금은 그 방법을 생각할 수 없어. 그렇지만 반드시 어떻든 잘 될 거야."라고 엄마가 말하자 리트는 문득 아씨 집의 큰 개들이 생각났습니다.

할아버지 개는 죽었지만, 그 외에 큰 개들이 많았습니다.

그 가운데 큰 갈색 개가 뭔가 필요한 일을 하고 싶다고 한 말이 생각났습니다.

21

리트가 빵을 배달하러 나가기 전에 엄마와 올리는 리트를 여러 차례 꺼 안아 주었습니다.

용기를 낸 리트는 마을 사람들의 집과 올리의 집을 오가며 온 마을에 빵을 배달했습니다.

오랜만에 엄마의 빵을 먹은 마을 사람들은 매우 기뻐하며 리트를 반겨 주었습니다.

엄마의 빵을 먹은 모든 사람들이 그 맛에 탄성을 질렀습니다.

"정말 맛있다. 왠지 힘이 솟아 오르는 것 같아."

마을 사람들의 행복한 얼굴을 보고 리트도 신이 나서 정신없이

빵을 날랐습니다.

다음날 리트는 조금 떨어진 도시로 나가 보았습니다.

거리에 오가는 사람들이 아무도 없었습니다.

아씨 집 근처에도 적막이 흘렀습니다.

길가에서 희미한 목소리가 들려 가보니 그곳에 아씨 집이 있었습니다.

아씨는 리트가 놀고 있던 정원에서 개나 고양이들에게 둘러싸여 이국적인 노래를 부르고 있었습니다.

아씨의 목소리가 너무 아름다워 마치 기도하는 것처럼 들렸습니다.

아씨는 개와 고양이를 번갈아 쓰다듬고 얼굴을 들여다보고 있었습니다.

문 밖에서 리트가 아씨와 개들을 부르자 아씨가 깜짝 놀라 문을 열어 주며 말했습니다.

"너 레이첼 아니냐?"

"저의 이름은 리트에요. 레이첼이 아니에요. 오늘 부탁이 있어 왔습니다."

아씨가 생긋 웃었습니다.

"리트. 리트라고? 멋진 이름을 지었네."

아씨는 예전과는 다른 사람 같았습니다.

리트의 이야기를 들으면서도 개들을 쓰다듬어 주고 있었습니다.

큰 갈색 개가 말했습니다.

"네가 여기를 떠난 후 아씨는 한참이나 우울 했었어. 그 후 우리들을 안아 주면서 늘 '가지마. 내 곁에 있어.'라고 수차례 그랬어.

그리고 아씨는 이제 우리 모두를 귀여워 해주고 있어."

리트는 그때 아씨의 부탁을 뿌리치고 집을 나간 것이 늘 마음에 걸렸습니다.

"밥도 먹여 주셨는데…… 그냥 가 버려서 너무 미안 했어요."

아씨는 웃는 얼굴로 고개를 흔들었습니다.

"리트 네가 내게 '둘도 없는 것'의 이야기를 해 주었던 것이 생각 나? 나는 지금 여기 있는 친구들을 둘도 없는 것이라고 생각하고 있어. 내가 상대방을 소중하게 생각하면 마음이 점점 커지는 것을 느꼈어."

"리트야. 그동안 어떻게 지냈니?"

리트는 아씨 집을 나와 엄마와 올리를 만난 것과 여기에 온 이유를 말했습니다.

그리고 리트는 아씨의 개들과 같이 엄마의 빵을 함께 배달하게 해주면 좋겠다고 말했습니다.

이 말을 들은 아씨는 개들이 돌아 오지 않을까 걱정을 했습니다.

아씨는 개들의 눈을 보면서 천천히 말했습니다.

"나는 전에 개들이 먹을 밥과 잔디밭이 있으면 어딜 가지 않고 반드시 여기에 있고 싶을 거라고 생각했어. 하지만 리트는 가 버렸어."

"애들아. 정말 여기 있고 싶어? 너희 생각은 어때? 라고 묻고 싶었지만 무서워서 못했어."

큰 갈색 개가 말했습니다.

"저는 이제 아씨를 좋아하니까 다른 데로 가고 싶은 생각이 없어요.

이제는 아씨가 소중한 주인이 되었기 때문이지요. 아씨, 저는 리트의 말을 듣고 보니 나도 누군가에게 도움이 되고 싶어요."

"저는 마음이 떨렸지만 하고 싶어요. 힘이 되고 싶어요. 우리 집은 여기에요."

"다른 곳으로 가지 않고 꼭 아씨에게 돌아 올 거예요. 그래서 리트와 함께 그 일을 하고 싶어요."

다른 개들도 같은 생각이라고 말했습니다.

아씨도 모두의 마음을 이해할 수 있을 것 같았습니다.

매일 개나 고양이들과 같이 지내는 중에 정말 중요한 것이 무엇인지 알게 되었습니다.

"너희들이 없으면 허전할 것 같아."라고 아씨가 말하자,

개들은 일제히 "반드시 돌아 올 거예요."라고 약속했습니다.

아씨와 개들은 이미 강한 믿음을 갖고 있었습니다.

모두 대문으로 나가는 도중에 할아버지 개가 항상 앉아 있었던

자리를 지났습니다.

거기에는 예쁜 돌이 있었고 몇 개의 꽃송이가 놓여 있었습니다.

큰 갈색 개는 리트를 돌아보며 말했습니다.

"아씨가 이 꽃들을 매일 가져다 놓았어."

리트는 할아버지 개가 죽기 전에 한 말을 생각했습니다.

"아씨는 사실 나쁜 아이가 아니야."

리트는 할아버지 개가 아씨의 순수한 속마음을 잘 알고 있었다

고 생각했습니다.

22

리트와 일곱 마리의 개는 올리 엄마와 올리가 기다리는 집으로 달렸습니다.

집에 도착하니 엄마와 올리가 뛰어 나와 리트를 꼭 껴안아 주었습니다.

리트는 올리 품 안에서 얼굴을 내밀고 말했습니다.

"우리 친구들이 모두 왔어요."

리트의 친구들 소개가 끝나기 무섭게 일곱 마리의 개는 일제히 소리쳤습니다.

"자. 우리, 모두 빵을 운반하자."

엄마는 모두에게 감사 인사를 했습니다.

"리트 친구들이 사람들에게 빵을 배달해 주게 되어 정말 감사하고 리트에게도 잘 해주어 고맙다."

개들은 엄마의 인사말에 감동했습니다.

"우리를 마치 사람의 친구처럼 잘 대해 주시는군요."

엄마는 생긋 웃고 리트를 쓰다듬으며 말했습니다.

"개와 사람도 서로 마음이 통할 수 있단다. 모두가 서로 도와주면서 살아왔는걸. 리트도 소중한 가족이고, 여러분도 소중한 친구들이지."

리트를 품고 있는 올리 엄마를 보면서 리트의 친구들은 생각했습니다.

'우리 아씨도 우리를 기다릴 거야.'

"일이 끝나면 우리는 아씨에게 바로 갈 겁니다."

갈색 개는 굳게 다짐했습니다.

"다들 피곤하지? 괜찮아?"

올리 엄마가 걱정이 되어 물었습니다.

모두가 괜찮다고 하기에 식사가 준비되었습니다.

개들은 엄마의 맛있는 빵을 먹었습니다.

엄마의 빵을 한 입 먹어보니 몸에서 힘이 넘치는 것을 느꼈습니다.

도시 사람들에게 이 빵을 빨리 가져다주고 싶었습니다.

모두가 식사를 하고 있는 사이 올리 엄마와 올리는 준비한 빵을 여덟 개의 짐 꾸러미로 만들었습니다.

마지막 짐은 리트가 질 수 있도록 작게 준비했습니다.

올리는 리트가 걱정되어 말했습니다.

"리트가 그동안 혼자서 종일 일을 해서 피곤할 텐데. 오늘은 쉬면 좋지 않을까?"

그러나 리트는 고개를 좌우로 흔들며 말했습니다.

"제가 지금까지 만난 사람들이 어떻게 살고 있는지 많이 궁금하고, 그들도 엄마의 빵을 다 같이 먹었으면 해요. 그래서 저도 갈 거예요."

　리트는 전염병을 알고 나서 줄곧 검은 고양이들과 목장 주인,
암소, 리트를 잡으려고 한 할머니와 고양이 잡이 아저씨 등이 걱
정되었습니다.
　엄마의 빵에는 사랑의 마법이 있으니까 모두가 건강하기 위해
엄마의 빵을 먹어 주었으면 했습니다.

23

개들은 식사를 마치고 나서 빵이 가득 든 짐 꾸러미를 등에 지고 서둘러 거리로 갔습니다.

도시는 힘든 모습이었습니다. 곳곳에 환자들이 널려 있었습니다.

열이 많으면 전염병에 걸린 것으로 간주되어 도시에서 조금 떨어진 큰 건물에 수용되었습니다.

도시의 거리는 방호복을 입은 사람들에 의해 흰색 소독약이 뿌려 졌습니다.

그리고 전염병이 발생된 집은 더 이상의 확산을 막기 위해 불

태워졌습니다.

집 밖으로 나온 사람들은 멍하니 서서 비명을 지르거나 웅크리고 앉아 손에 얼굴을 파묻고 펑 펑 울고 있는 사람도 있었습니다.

리트는 엄마로부터 전염병 이야기를 들었을 때의 슬픈 장면이 다시 떠올랐습니다.

(역시 올리 아빠의 오두막집도 불 타 버렸던 거야.)

전에 도시의 상가에 갔을 때는 거리가 떠들썩하고 모두가 행복해 보였습니다. 빵도 사 주었는데 이제는 그것이 마치 거짓말처럼 되었습니다.

리트는 마음이 무척 아팠습니다. 사람들의 슬픔이 그대로 저며 오고 눈물이 멈추지 않았습니다.

리트는 "제발 모두가 건강하고 행복하게 되었으면 좋겠어요."라고 기도하면서 달렸습니다.

아씨 집 개들도 곳곳을 열심히 뛰어 다니며 엄마의 빵을 나눠 주었습니다.

집 밖에 인기척이 나서 사람들이 문을 열면 개가 와 있어 처음에는 무척 놀라기도 했습니다.

그러나 개들이 가지고 온 것이 엄마의 빵이라는 것을 알자 사람들의 눈이 반짝거렸고 얼굴이 밝아지기 시작했습니다. 빵을 한 입 떼어먹는 순간, 얼굴에서 슬픈 표정이 사라지기 시작했습니다.

사람들의 얼굴에는 미소가 살아나고, 감동의 눈물을 쏟으며 개들에게 고맙다는 인사를 했습니다.

엄마의 빵은 이렇게 대단한 힘이 있었습니다.

한 사람 분량의 빵은 결코 많지 않았지만, 아무도 그것을 서로 독차지하려고 하지 않았습니다. 엄마의 빵을 먹은 사람들은 다른 사람들도 이 빵을 먹고 웃는 얼굴이 되었으면 좋겠다고 바랐습니다.

개들도 빵 배달을 한다는 것을 자랑스럽게 생각하고, 리트 덕분에 도시 사람 모두에게 도움을 주게 되어 기뻤습니다.

24

리트는 모든 시작이 되었던 그 밀밭을 향했습니다.

먼 길이지만, 아무래도 한번 더, 지금의 자신을 만들어 주고 이끌어 준 첫 번째 장소에 가고 싶었습니다.

그로부터 꼭 1년이 지났지만 밀밭은 그때처럼 노랗게 익어 가고 있었습니다.

"여기야. 틀림 없어. 내가 여기에 있었어."

밀밭에서 부는 바람에 조금 길어진 귀밑머리가 나부꼈습니다.

"밀밭은 그 때와는 전혀 다르지 않는데 그동안 여러 가지 일이 있었구나."라고 리트는 생각했습니다.

전염병 탓으로 사람들이 보이지 않는데, 밀은 익어가고 꿀벌과 나비가 변함없이 날고. 계절에 따라 꽃이 저절로 피기 시작하는 것이 리트에게는 신비롭기만 했습니다.

예전과 같이 밀밭 길을 걸어가자 잡초가 무성한 들판 건너편에 작은 오두막집이 보였습니다.

거기는 '가슈다'를 처음 가르쳐 준 할아버지가 앉아 있던 곳이었습니다.

오두막집에 도착해 보니 할아버지 대신 까까머리 소년이 있었습니다.

소년은 이상한 말을 했습니다.

"그때는 할아버지였지만 지금은 소년이야. 내일은 동물이 될지, 꽃이 될지도 몰라. 그때 그때 마다 필요한 것이 되는 거야.

게다가 나는 병에 걸리지도 않아. 왜냐하면 나는 여기에 있지만 없을 수도 있어.

"나는 리트, 네가 올 줄 알고 여기서 기다리고 있었지. 모든 것을 알고 있어. 필요한 것 밖에는 일어나지 않는 거야."

리트는 고개를 갸웃 거렸습니다.

여전히 이상하다 생각했지만, 그래도 지금은 필요한 것 밖에 일어나지 않는다는 것을 조금 알 수 있을 것 같았습니다.

그날 목장에서 리트가 암소에게 목장에 있게 해 달라고 부탁해 그대로 있었으면 리트는 엄마와 올리 그리고 친구들도 만날 수 없었습니다.

암소에게 거절을 당했을 때는 슬펐지만 지금은 오히려 좋았다고 생각했습니다.

큰집 아씨와의 만남이 없었다면 지금 일곱 마리 친구들에게 빵을 배달해 달라고 부탁 할 수도 없었을 것입니다.

"모든 것은 필연에 의해 생기는 거구나."

리트가 말하자 소년이 말했습니다.

"맞아 그래. 모두가 다 필요한 거야. 물건도 사람도 동물도 모두 일어나는 일도 이유가 있어."

리트는 "조금은 알겠어요."라고 답했습니다.

리트는 소년에게 작별 인사를 하고 전에 갔던 목장으로 향했습니다.

목장에 도착하자마자 리트는 그때 목장에 있었던 커다란 하얀 개를 생각했습니다.

그때 그 하얀 개는 일 할 수 없는 개는 더 이상 여기 있을 수 없다고 말한 적이 있었습니다.

리트는 '그 개는 지금 없을까?'라고 생각하자 왠지 외로운 기분이 들었습니다.

리트가 문을 두드리자 창문 커튼 사이로 목장 주인이 밖을 내다 보았습니다. 목장 주인은 리트를 보자마자 문을 열고 놀란 표정을 지었습니다.

"네가 리트구나. 그래, 오랜만이다."

리트가 방안에 들어가 보니 소파 옆에 그 커다란 하얀 개가 있었습니다.

목장 주인이 리트에게 말했습니다.

"그때는 미안했어."

목장 주인은 개를 쓰다듬었습니다.

"이 개가 나에게 얼마나 소중한 존재인지를…… 리트 네가 나에게 가르쳐 준거야."

"이 개가 일을 해주기 때문에 중요한 것이 아니었어. 비록 지금은 일 할 수 없어도 나에게는 '둘도 없는 것'이었어."

리트는 여기에서도 '둘도 없는 것'이라는 말을 듣게 되어 너무 기뻤습니다.

"저도 찾았어요. 둘도 없는 것을……."

"할아버지 개, 올리와 엄마, 큰집 아씨와 7마리의 개, 검은 고양이 가족 그리고 목장 주인과 하얀 개…… 모두가 저의 '둘도 없는 것'이에요."

"그래, 그렇지."

라고 큰 하얀 개가 리트를 부드럽게 바라보았습니다.

목장 주인도 미소를 지으면서 말했습니다.

"전염병 때문에 밖에 나갈 수 없게 되었다. 병에 대한 두려움도 많은 시기야."

"그럴 때 옛날 이야기를 함께 할 수 있는 친구가 있다는 것은 행복한 일이야."

"지금은 우유와 고기도 팔지 못해 수입이 적어 졌어. 그러나 목
장을 시작하기 전에 나는 무일푼이었지. 다만 이 하얀 개만 있었
지. 그래서 지금 다시 시작해도 좋아."

리트는 목장 주인과 개에게도 엄마의 빵을 전했습니다.

리트의 등이 작다 보니 빵을 충분히 가져 오지 못했지만 사이
좋게 빵을 나누며 왠지 힘이 솟는 것 같다며 눈빛들이 초롱초롱 해
졌습니다. 리트는 소들을 만나러 갔습니다.

암소는 오랜만에 자신을 찾아온 리트를 자기 송아지처럼 반갑
게 맞아 주고 맛있는 젖을 먹여 주었습니다.

암소는 "목장 주인의 마음씨가 좋아졌고, 얼굴도 한층 편해 보
인다."고 말했습니다.

"예전에는 젖이 많이 나오지 않으면 자주 혼을 냈지만 지금은
젖이 나오지 않아도 웃어 주는 걸…… 그래서 지금은 모두 행복해."

25

목장을 나온 뒤 리트는 거리로 향했습니다.

리트를 쫓아 온 그 무서운 할머니의 모습도 보이지 않았습니다.

예전에 사람들이 많이 다니던 길에는 아무도 없었습니다.

리트가 다음으로 향한 곳은 검은 고양이 집 이었습니다.

눈에 익은 벽돌 길을 따라가자 검은 고양이 집이 나타났습니다.

문을 열자 고양이의 가족들이 리트를 반갑게 맞아 주었습니다.

그렇게 작았던 어린 고양이들은 어느새 자라서 리트보다 훌쩍

컸습니다.

검은 고양이는 리트에게 수프를 권했습니다. 맛있는 수프에는

고양이의 따뜻한 마음이 스며들어 있는 것 같았습니다.

"리트가 친구들과 한 일은 너무 대단해."

고양이가 말하자 리트는 이렇게 말했습니다.

"제가 한 일이라고는 단지 마을 사람들의 집에 빵을 날랐을 뿐이에요."

"만약 제가 컸으면 한 번에 많은 빵을 나를 수 있었고, 다른 친구들의 힘도 빌리지 않았을 텐데…… 저의 체구가 조금 컸으면 좋았을 텐데라고 늘 생각했어요."

하지만 오히려 리트의 몸이 작아 그로 인해 다른 개들이 리트를 도왔고, 도시 사람들에게 사랑받는 기쁨을 같이 느낄 수 있었습니다.

주어진 환경에서 그냥 해 보았지만 본인이 모르는 사이에 모두가 큰 역할을 하고 있었습니다.

검은 고양이는 리트가 훌륭한 일을 했다고 생각했지만, 리트는 큰일을 했다는 것을 조금도 깨닫지 못했습니다.

"고양이 잡는 사람도 기억나니?"라고 검은 고양이가 물었습니다.

리트는 그 날의 일을 잊은 적이 없었습니다.

무서웠던 것은 물론 소리 높여 울고 있었던 고양이 잡이 아저씨의 얼굴이 자꾸 떠올랐습니다.

"물론이죠. 계속 생각이 났어요. 그때 아저씨는 무척 슬퍼 보였지요. 저 때문에 그랬던가요?"

검은 고양이는 고개를 가로로 흔들었습니다.

"네가 한 행동은 옳았지. 그 고양이 잡이 아저씨가 다시 왔지.

검은 마스크도 장갑도 하지 않았어. 냄새와 분위기로 우리들은 알았지. 아무리 변장해도 우리는 알아."

리트는 고개를 끄덕였습니다.

검은 고양이는 계속 말했습니다.

"우리들은 그 남자를 보고 놀라 숨었지. 한동안 나타나지 않다가 갑자기 우리를 찾아 온 것이야. 당연히 우리를 잡으러 왔다고 생각했어. 그런데 고양이 잡이 아저씨는 밥을 가지고 왔던 거야."

"어린 고양이 하나가 냄새를 맡고 맛있게 먹으려고 달려 들었지만, 내가 먹지 말라고 했어. 혹시 독이라도 들어 있으면 큰일이니까."

"그렇지만 그 아저씨는 숨어 있는 나머지 고양이들에게 큰 소리로 말했지."

"나는 지금까지의 모든 것을 후회하고 있어. 미안했어."

"용서받을 수 없지만 지금부터라도 부끄럽지 않은 삶을 살고 싶다'고 말했단다."

"그가 사라진 후 고양이들이 아저씨가 두고 간 밥을 먹었지만 독은 전혀 들어 있지 않았단다."

이어 고양이는

"그 아저씨는 지금 밭에서 채소를 재배하고 있단다."

"그후 매주 와서 우리들에게 밥을 주고 갔으며, 자기가 하고 있는 농사일이 너무 즐겁다고 한다." 고 말했습니다.

"이제 우리들은 친구가 된 거야. 전부 리트 너 덕분이야."

"제가요?"

"그래, 그 때 그 사람도 깨달았다고 했어.

사람도 고양이도 개도 모두 변화될 수 있어. 깨닫지 않을 뿐이야. 깨달으면 바뀔 수 있어. 그 소중한 기회를 리트가 모두에게 주었던 거야. "

리트는 고개를 갸웃 거리더니 머리를 옆으로 흔들었습니다.

"아니에요. 난 아무것도 하지 않았어요."

"큰 일을 한다는 것은 다 그런 것이야. 자기도 모르는 사이에 이루어지고 있어. 그것이 '가슈다'의 일이기 때문이겠지."

이어 검은 고양이는 조금 목소리를 낮추어 말했습니다.

"하지만 궁금한 게 있어. 지금 무서운 질병이 유행하고 있는 것을 리트도 잘 알고 있지?

매주 꼭 왔던 고양이 잡이 아저씨가 벌써 몇 주 동안 오지 않았어. 아무도 밖으로 나오지 못하게 하고 있기 때문이라고 생각하지만, 혹 병이 걸려서 오지 않는 것이 아닐까 걱정이야."

　"제가 찾아볼게요. 그 아저씨가 어디에 살고 있는지 알려 주세요."라고 리트가 말했습니다.

26

리트는 검은 고양이가 가르쳐 준 대로 벽돌담을 따라 걸었습니다.

하얀 소독가루가 곳곳에 뿌려져 있어 리트는 눈이 아리고 아파왔습니다.

바이러스를 죽이려고 뿌려진 가루가 리트의 몸에도 영향을 주는 것 같았습니다.

리트는 달리려고 생각하는데 몸이 흔들거리고 숨도 가빠졌습니다.

갑자기 차가운 길바닥 위에 푹 쓰러졌습니다.

주위가 어두워지기 시작했습니다. 차가운 비가 내리기 시작하며 온 몸에 찬 기운이 스며들었습니다.

리트의 의식이 점점 사라지기 시작했습니다.

"더 이상 올리와 올리 엄마를 만날 수 없는 걸까?"

리트의 눈에서 눈물이 주르륵 흘렀습니다.

리트는 꼼짝도 못했습니다. 리트의 마지막 생명의 불꽃이 사라질 듯 요동 쳤습니다.

그 때 손에 등불을 든 그림자가 나타났습니다.

그 그림자는 쓰레기 포대처럼 버려져 있는 리트를 가슴에 안고 어딘지 모르는 곳으로 데리고 갔습니다.

27

리트는 코끝으로 맛있는 냄새가 나고, 입안으로 그리운 맛이 흘러 들어오는 것을 느꼈습니다.

"엄마의 빵 맛 이다. 내가 집에 돌아 온 건가?"

리트는 그렇게 생각하고 눈을 뜨고 주변을 둘러 보았습니다.

도대체 얼마나 자고 있었던가? 주변은 아무것도 보이질 않았습니다.

그러다 천천히 눈을 떠 보니 옆에 있는 사람은 올리와 올리 엄마가 아니라 리트를 잡으려 했던 그 무서운 할머니였습니다.

"여기가 어디에요?"

할머니가 대답했습니다.

"아무도 살지 않는 낡은 집인데 내가 살고 있어. 내가 그 길을 지나가지 않았다면 넌 벌써 죽었을 거야."

"할머니가 살려 주셨군요. 감사합니다. 할머니."

리트가 말했습니다.

"내가 살려준 게 아니야. 네가 가지고 있던 짐을 열어 보니 빵이 들어 있었어. 그 빵을 우유에 적셔서 네 입에 넣었지."

"널 도운 것은 그 빵 이야. 너는 3일 동안 잠들어 있었어. 뭐니 뭐니 해도 그 빵이 신기해. 너는 점점 건강해지고 있어. 머리털 윤기도 순식간에 되살아났어."라고 할머니가 말했습니다.

"제가 3일 동안이나 잠들어 있었던 거예요? 큰일이에요. 얼른 집으로 가야 해요."

리트는 올리와 올리 엄마가 얼마나 자신을 걱정하며 울고 있을까라고 생각했습니다.

그렇지만 전에 할머니가 리트를 잡으려고 한 기억이 떠올랐습니다.

'지금도 리트가 옆에 있어 주면 좋겠다고 생각하고 여기에 데리고 온 걸까?' 라고 생각을 하다가 힘겨운 목소리로 미안하다는 듯이 말했습니다.

"할머니 고마워요. 저를 살려 주셨는데 미안해요. 할머니와 함께 있고 싶지만 저는 이곳에 있을 수 없어요. 집으로 돌아가야 해요."

할머니는 몸을 흔들며 웃었습니다.

"내가 먹는 것도 해결 못하는 주제에 어떻게 개를 키울 수 있겠어. 그런데 어딜 가려다가 길 위에서 쓰러진 거니?"

"할머니는 정말 전에 만난 그 무서운 할머니인가요?"

리트는 마치 다른 사람처럼 변한 할머니를 보고 놀랐습니다.

"저는 그때 만났던 고양이 잡이 아저씨를 찾고 있어요. 아저씨는 이제 고양이들에게 밥을 주고 있지 않다고 해요. 아저씨가 보이지 않으니 혹 병이 들지 않았을까라고 다들 걱정하고 있어요."

리트는 아저씨의 행방을 물었습니다.

"아, 그 사람이라면 내가 잘 알고 있단다. 전염병 때문에 먹을 것이 없어 굶고 있었는데 그 아저씨가 나에게 먹을 것을 주어서 살았어." 라고 할머니가 말했습니다.

리트를 발견한 장소도 할머니가 그 남자의 집에 다녀 오던 길이었습니다.

"그 남자는 옛날에 개와 고양이를 잡아 가죽을 벗겨 팔았던 이야기를 나에게 해 주었어.

그런데 그 남자는 잊지 못할 일이 있었다고 했어."

"어느 날 길가에 있던 강아지를 잡으려고 그물채를 내려치려는 순간 그 강아지는 도망은커녕 '돈이 필요하다면 나를 잡아 가세요.'라고 말했단다."

"잡히면 바로 죽는데 그 개는 몇 번이나 '아저씨 괜찮아요?'라고 오히려 아저씨를 걱정 했다고 해. 그 때 자신이 한 행동을 부끄럽

게 생각하고 이젠 남을 위해 살고 있다고 말했어."

"모든 일은 만남으로 바뀌는 거야. 그때부터 그 남자는 밭에서 기른 야채를 팔아 생활을 하게 되었단다."

"그 남자는 좋은 사람이야. 나에게 구걸을 그만 두고 자기 밭에서 일하지 않겠냐고 말했어. 그 남자는 밭일이 즐겁다고 하더군."

"그렇지만 나는 밭일이 어렵다고 생각했는데 물을 주거나 잡초를 뽑는 일은 쉬운 일이니 괜찮다고 그 남자가 말하는 거야. 그래서 나도 일을 해볼까 생각했는데 그만 전염병으로 갈 수 없게 되어 버렸지."

"하지만 먹을 것이 없을 때 그 남자에게 가면 각종 채소를 나누어 주었어. 거리로 나오는 것은 무섭지만 먹어야 살아갈 수 있으니까.

다음에 그 남자 집에 갈 때 너를 데려다줄게. 그 때 고양이들이 걱정하고 있는 것을 말해 주면 좋지 않을까?"

라고 할머니가 말했습니다.

그러나 리트는 말했습니다.

"지금이라도 빨리 데려다 주세요."

"하지만 아직 너는 무리야."

할머니는 리트의 몸 상태를 걱정했습니다.

리트는 기력이 완전히 되살아나지 않아 일어 설 수도 없었습니다.

그 때 엄마의 말이 생각났습니다.

"모든 것에는 살아나는 힘이 있단다. 리트 몸 안에도, 머리털 하나 하나에도."

리트는 자신의 세포 하나 하나에도 살아가는 힘이 있다는 것을 기억하며 엄마와 올리의 얼굴이 무척 보고 싶었습니다.

그리고 엄마와 올리가 리트를 안아 주었을 때의 행복한 기분, 올리의 미소, 엄마의 부드러운 손길을 생각했습니다.

따스한 느낌이 마음속에 흘러 들어오고 그것이 몸에 가득 차오르는 것을 느꼈습니다.

리트가 엄마와 올리를 생각하니 다리도 잘 펴지고, 피모 하나 하나에도 엄마와 올리의 사랑이 넘치는 것 같았습니다.

살아가는 힘의 원천은 바로 이런 사랑의 감정이라는 생각이 들었습니다.

드디어 리트는 일어서게 되었습니다.

28

    할머니는 리트를 껴안아서 대나무 바구니에 넣고 옛날 고양이 잡이 남자의 집으로 데려다 주었습니다.

    그 남자는 바구니 속에 있는 리트를 보고 무척 놀랐습니다.

    리트의 수척해진 모습을 보고 옛날처럼 소리 높여 엉엉 울었습니다.

    검은 고양이는 그 남자가 이제는 마스크를 쓰지 않고 있다고 말했는데 여전히 마스크를 하고 있어 이상해 보였습니다.

    전에는 자신의 얼굴을 가리기 위해 마스크를 썼지만 지금은 전염병을 막기 위해 쓰고 있는 것이었습니다.

    남자는 울면서 리트에게 몇 번이나 말했습니다.

"또 만날 수 있다니 정말 몰랐다, 너를 만나 너무 좋아."

그 말을 들은 리트도 할머니도 놀랐습니다.

"리트야. 너를 만나지 못한 채 내 인생이 끝나지 않아 정말 좋다."라고 말하며 기뻐했습니다.

그 남자의 마음을 바꾼 것은 바로 이 작은 리트였다고 할머니도 깨달았습니다.

"만일 거기에서 내가 리트를 잡았으면 지금쯤 나도 먹을 것도 얻지 못하고 이미 죽었겠지."라고 할머니는 말했습니다.

할머니도, 검은 고양이도, 그 남자도, 지금은 리트의 소중한 친구들입니다.

만남이라는 것은 한쪽만을 위한 것은 아닙니다.

항상 모두에게 필요한 것입니다.

리트는 남자를 쳐다보며 말했습니다.

"저는 그 때 아저씨가 갑자기 울어서 제가 나쁜 일을 했구나라고 생각했어요."

"계속 후회하면서 어떻게 하면 좋았을까 생각했어요. 이제 아저씨가 저를 보고 좋다고 말해 주니 너무 기뻐요. 그리고 검은 고양이 가족들에게 밥을 가져다 주셔서 정말 감사합니다."

남자도 눈물을 흘리며 리트를 꼭 껴안았습니다.

그 남자는 검은 고양이 가족들을 걱정하며 리트에게 밥을 가져다 달라고 부탁했습니다.

리트는 당장 집에 가고 싶은 마음이 간절했지만 집으로 가는 도중에 있는 검은 고양이집을 들렀다 가기로 했습니다.

그 남자를 걱정하고 있는 고양이 가족들에게 남자가 무사하다는 소식과 밥을 전할 수 있게 된 것은 리트에게도 기쁜 일이었습니다.

29

리트가 도시에 빵을 배달한 지 벌써 6일째의 아침을 맞이했습니다.

아무리 늦어도 3일 내에 다녀올 수 있는 거리인데도 오지 않아서 엄마도 올리도 리트가 걱정되어 밥을 제대로 먹을 수가 없었습니다.

"엄마, 리트는 괜찮겠지?"

"아무런 문제가 없을 거야. 리트니까."

둘은 그런 대화를 수없이 나누었습니다. 때로는 엄마가 불안한 마음이 들어 올리에게 물었습니다.

"올리야, 리트는 꼭 돌아 올 수 있겠지?"

"엄마, 괜찮아요. 리트에게는 천사의 날개가 있어요. 아빠가 리트와 함께 있으실 거예요. 그리고 꼭 지켜 주실 거예요"

바깥의 작은 소리에도 리트가 돌아 왔을지도 모른다고 생각하고 여러 번 문을 열고 닫았지만 리트는 없었습니다.

그 무렵 리트는 힘이 다시 완전히 살아나 엄마와 올리가 기다리는 집으로 향해 달렸습니다.

"엄마 그리고 올리야!"

수없이 마음 속으로 외쳤습니다.

나의 '둘도 없는 것' 그것은 바로 엄마와 올리였습니다.

"나는 이대로의 내가 좋아."

리트는 자신이 처해 있는 모습에 만족했습니다.

꿈에도 그리던 그리운 집이 보이기 시작했습니다.

문이 열리자 리트는 올리의 품 안으로 뛰어 들었습니다.

그리고 엄마와도 같이 포옹을 했습니다.

엄마와 올리는 리트의 이름을 부르고 리트도 두 사람의 이름을 불렀습니다.

"저, 정말 여러 가지 일이 있었어요."

리트는 빨리 이야기를 하고 싶어 두 사람의 발밑에서 쿵쿵 뛰었습니다.

"리트야. 먼저 아침밥을 먹어야지. 밤새 자지 않고 달려오지 않았니?"

엄마의 따뜻한 목소리에 리트는 너무 행복했습니다.

엄마의 빵과 수프가 너무 맛있어서 리트의 몸에 좋은 기운이 금방 스며 드는 것 같았습니다.

그리고 무엇보다 기쁜 것은 엄마와 올리가 곁에서 웃고 있고, 리트를 부드러운 눈으로 바라보고 있는 것이었습니다.

엄마가 리트를 보고

"리트야. 그동안 많이 컸구나"며 대견해 했습니다.

하지만 리트는 귀밑머리가 조금 자랐을 뿐 작은 몸 그대로였습니다.

밥을 먹은 후 리트는 엄마와 올리에게 그동안 일어난 일에 대해 상세하게 이야기를 해 주었습니다.

두 사람은 놀라고 눈물을 흘리며 리트가 살아 돌아와서 정말 고맙다며 여러 번 리트를 꼭 껴안았습니다.

엄마는 리트의 머리를 쓰다듬어 주며 말했습니다.

"전염병이 가라 앉으면 할머니와 검은 고양이 가족 모두를 도와 준 아저씨에게 빵을 많이 가지고 가서 감사를 해야겠어."

30

놀랍게도 그날 밤 엄마와 올리와 리트는 같은 꿈을 꾸었습니다.

꿈에서 그들은 숲 속에 있었습니다.

숲은 어둡고 축축했고 가는 길은 덤불이 가로 막고 있었습니다.

그들은 간신히 덤불을 헤치면서 앞으로 나아 갔습니다.

조금 밝은 장소로 나오니 앞에 큰 나무가 있었습니다.

그 나무 밑에 작은 소년이 혼자 서 있었습니다.

엄마와 올리, 리트가 다가가니 그 소년이 "저, 기다리고 있었어

요."라고 미소를 지었습니다.

그 얼굴을 보고 리트는 깜짝 놀랐습니다.

"엄마, 올리. 제가 전에 밀밭에서 만난 까까머리 소년이에요."

"저를 따라 오세요."

소년은 갑자기 엄마의 손을 잡고 숲 속을 달리기 시작했습니다.

소년이 달리기 시작하자 숲의 나무와 덩굴은 양편으로 누워 앞 길을 훤히 열었습니다.

리트도 올리도 아무 생각 없이 무작정 뒤를 쫓아갔습니다.

"도대체 어디로 가는 거에요?" 올리와 리트가 소년에게 물었지 만 대답이 없었습니다.

그러자 숲 사이로 빛이 보이기 시작했습니다.

소년과 모두가 빛이 있는 쪽으로 달려갔습니다.

숲을 나오니 놀라운 광경이 있었습니다.

끝없는 황금 밀밭이 펼쳐져 있었습니다.

밀밭은 햇볕이 쏟아져 눈이 부실 정도였습니다.

옆을 쳐다보니 그 작은 소년은 어디론가 사라졌습니다.

그리고 거기에는 리트가 여행을 시작하기 전 처음 만난 할아버지가 앉아 있었습니다.

할아버지는 엄마와 올리, 리트를 보고 지팡이에 의지해 간신히 일어섰습니다.

그리고 셋이 있는 곳으로 천천히 다가 왔습니다.

할아버지는 엄마를 바라보며 말했습니다.

"올리 엄마는 고흐의 밀밭 그림을 좋아했지? 이 경치가 마음에 들어?"

할아버지는 어떻게 엄마가 좋아하는 그림을 알고 있었을까요?

엄마가 바라보는 사이에 할아버지의 키가 부쩍 커지고 점점 젊어 졌습니다.

"당신은?" 엄마는 깜짝 놀라 말했습니다.

이제는 완전히 젊어진 그 사람이 올리를 안았습니다.

"올리야. 그 사이에 많이 컸구나. 어렸을 때 너를 안고 팔로 까불어 주면 참 잘 웃었지"

올리는 그 남자의 가슴에 얼굴을 묻고 소리 높여 울었습니다.

엄마와 올리와 그 남자 셋이 서로 껴안는 모습을 보고 리트는 할아버지도 작은 소년도 올리의 아빠였다는 것을 알게 되었습니다.

모두가 꿈에서 깨어났을 때 올리 아빠의 모습은 없었습니다.

"저, 아빠의 꿈을 꾸었어요."

올리가 엄마와 리트에게 말했습니다.

"엄마도 꿈을 꾸었어"

엄마가 말하자, 리트도 아빠를 보았다고 했습니다.

모두가 같은 꿈을 꾸었던 세 사람이 서로의 얼굴을 쳐다 보았습니다.

엄마가 생긋 웃으며 말했습니다.

"분명 아빠가 꿈에서 보여 준 거야"

그럴지도 모른다고 올리도 리트도 생각했습니다.

"혹시 아빠는 처음부터 저를 이 집으로 데려 오려고 하신 걸까요?"

리트가 말하자 엄마는 갑자기 울기 시작했습니다.

한참 후 눈물을 닦고 올리와 리트를 꼭 껴 안았습니다.

"아빠가 돌아가실 때 엄마에게 앞으로도 계속 곁에 있겠다고 약속 하셨어. 언제나 어디에도 함께 있어 준다고 하셨지."

"그리고 아빠가 리트를 데려 와서 우리뿐만 아니라 많은 생명을 구해 주셨어."

엄마는 창문을 열어 하늘을 바라보며 말했습니다.

"누구 하나 빠져도 오늘은 오지 않았어. 아빠도 우리도 모두가 큰 '가슈다' 속의 한 존재야. 그래서 모두가 즐거운 미래와 희망을 가질 수 있어."

"아빠가 돌아가신 것은 슬프지만 우리 모두가 아빠와 함께 지금도 내일을 향해 가고 있구나. "

엄마가 올리와 리트를 보고 부드럽게 미소 지으며 한마디 한마디 말을 이어갔습니다.

"엄마가 지금부터 하는 말을 잘 기억하길 바란다. 이 세상에는 하나의 법칙이 있어. 모든 일에는 이유가 있고, 그것은 미래의 행복을 위해 일어난단다."

"'가슈다'는 우리를 항상 사랑해 주시고 계셔. '가슈다'의 목소리에 귀를 기울이며 살아 가면 모든 것이 잘 될 거야. 난 항상 그렇게 믿고 있어."

리트는 이제야 모든 것을 깨닫고 말했습니다.

"어떤 것도 언젠가 좋은 날을 위해 있구나.

무서운 전염병마저도."

도시는 조금씩 전염병으로부터 벗어나기 시작했습니다.

그리고 엄마의 빵을 먹으면 힘이 난다는 소문이 퍼지고 있었습니다.

그것은 분명한 사실이었습니다.

「썸싱 그레이트 Something Great」에 감사하며 산다는 것

─── **무라카미 카즈오** ───

츠쿠바대학교 명예교수
교토대학교 농학박사

2003년 인간 게놈의 유전자 암호가 해석되었습니다.

즉, 인간을 설계하는 염색체의 유전 정보 (DNA 계열)와 염색체가 어디에 어떤 유전 정보를 담고 있는지가 밝혀졌습니다. 나는 해석된 유전자 암호를 보면서 이 방대한 정보가 극히 작은 공간에 어떻게 들어가게 된 것일까? 라는 생각에 사로 잡혔습니다.

유전자는 세대를 초월하여 정보를 전달할 뿐만 아니라, 모든 세포에서 한시의 휴식도 없이 훌륭하게 일을 하고 있습니다. 이 일은 우리의 의지나 힘만으로는 도저히 불가능합니다.

이 위대한 일을 나는 「썸싱 그레이트something great」라고 부르고 있습니다.

전세계 학자의 모든 지식을 모으고 전세계의 부를 축적하고 연구해도 대장균 하나도 만들 수 없습니다. 대장균이 살아있는 기본적인 구조에 대한 현대의 생명과학연구는 아직도 걸음마 단계에도 미치지 못하고 있습니다.

과학적으로 볼 때 비록 작은 세포 한 개가 살아 있다는 것은 대단한 것으로 더욱 인간이 살아 있다는 것은 보통 일이 아닙니다.

성인 세포의 수는 약 37조라고 합니다. 하나 하나의 세포는 모두 생명이 있으며, 이들이 모여 어떠한 갈등도 없이 매일 원활하게 살아간다는 것은 기적적인 일입니다.

이런 일은 엉터리로 할 수 없습니다. 대단하고 정교한 설계도를 도대체 누가 어떻게 만든 것일까요? 이것이 바로 경이로운 미지의 세계라고 말하지 않을 수 없습니다.

이 자연의 위대한 힘, 「썸싱 그레이트」에 의해 우리들이 살아가고 있는 것입니다.

더욱 놀라운 것은 유전자의 구조와 원리는 모든 생물에게서 동일합니다. 미생물에서 인간에 이르기까지 살아있는 것은 모두 같은 원리입니다. 이것은 모든 생물이 같은 기원을 가지고 있다는 증거입니다.

그렇지만 그 조합에 의해 같은 구조는 하나도 없습니다.

우리는 많은 생물체를 비롯해 태양 에너지, 물, 공기, 지구 등의 덕분에 살고 있습니다. 자신의 힘만으로 살아가는 사람이나 생명체는 없습니다.

과학 기술의 편향, 약육강식, 우승열패(優勝劣敗)의 생각만으로는 인류는 멸망의 길로 갈 수 밖에 없습니다. 미래의 시대는 생명의 부모인 「썸싱 그레이트」에 감사하며 산다는 생각이 필요합니다.

이 원고를 쓰고 있는 2020년 지금 신종 코로나 바이러스COVID19가 전 세계로 번지고 있습니다.

지금도 매일 많은 사람들이 감염되고 있으며 삶, 의료, 경제 등에 다양하고 나쁜 영향을 끼치고 있습니다.

왜 이런 광풍이 일어났을까요? 단적으로 말하면 인간이 신종 바이러스에 대한 항체를 갖고 있지 않았기 때문입니다. 즉, 외부에서 침입하는 바이러스에 대한 대비가 없었기 때문에 신체의 방어 기능이 잘 작동하지 않은 것입니다.

인간의 몸은 항체를 만드는 유전 정보의 부속이 다양하게 구비되어 미지의 세균이나 바이러스가 침입해 오면 그 항원에 적절하게 대응할 부품을 빠르게 조립하는 약 2천만 종류의 항체를 만드는 능력이 있습니다. 실로 용의주도한 방어 시스템입니다.

그리고 우리의 게놈 속에는 바이러스와 관련된 인자에 유래된 배열이 다수 존재하고 있으며 그들을 이용하여 우리가 인간으로 진화한 것으로 알려져 왔습니다.

2000년 과학 잡지 '네이처'에 놀라운 연구결과가 게재 되었습니다. 태반 형성에 필수적인 신시틴Syncytin이라는 단백질이 인간의 게놈에 숨어있는 바이러스의 유전자로부터 유래한다는 것이 발표 되었습니다.

태반의 형성과 그 기능의 발현에는 바이러스 유전자의 조합이 필수적이며 그 기능 중 하나가 모체의 면역 공격으로부터 태반에서 태아를 보호하는 면역 억제 기능입니다.

포유류는 이 바이러스의 유전자를 자신의 게놈에 도입하여 태반을 발달시켜 정상적인 출산이 가능하게 된 것입니다.

즉, 게놈의 진화는 돌연변이가 아니라 바이러스와 공생하여 진화한 것으로 여겨집니다. 그렇게 인간 게놈에는 바이러스에 기인한 것이 많습니다. 우리는 게놈에 바이러스를 가져와 공존함으로써 현재의 인간으로 진화했다고 말할 수 있습니다.

신종 코로나 바이러스는 같은 코로나 바이러스인 사스SARS나 메르스MERS와는 달리 100퍼센트 인간에게 발병하는 것이 아니라, 이미 감염되었지만 증상이 없는 사람이 존재하고, 또 점점 인간 감염을 넓히는 전략을 취하고 있는 영악한 바이러스입니다.

바이러스는 숙주를 죽이면 살아남을 수 없습니다. 하지만 그것만으로는 해결될 수 없습니다. 신종 코로나 바이러스는 RNA 바이러스입니다.

자신의 유전 정보를 DNA가 아닌 RNA로 쓰고 있습니다. DNA 바이러스보다 훨씬 분열이 빠르고 불안정하며 변이를 일으키기 쉽습니다. 즉, 새로운 숙주를 감염시킬 때마다 변이될 가능성이 높습니다.

한편 이 바이러스는 허파의 폐포를 감염시킵니다. 폐포는 절대로 재생되지 않습니다. 폐포 세포는 담배나 환경 오염 물질 등에 의해 서서히 죽게 됩니다. 우리는 허파에 부담을 줄 수 있는 유해 환경을 만들고 지구를 오염시키고 있지 않나 생각됩니다.

우리 인류는 감염 대책으로서 백신과 항생제 및 항바이러스제를

개발해 왔습니다. 면역력이 약한 노인이나 기저질환이 있는 사람은 백신이, 중증 환자는 항 바이러스제가 필요합니다.

그렇지만 그 전에 우리 인간이 지구에서 생존하기 위해서는 지구 환경을 개선함으로써 허파를 보호하는 행동(폐포세포의 생존), 면역력 강화와 치유자생력을 높이는 것이 중요하다고 생각합니다.

이러한 세계적 위기에서 도대체 어떤 「썸싱 그레이트」의 뜻이나 역할이 있는지 나는 잘 모릅니다. 그러나 나름대로 생각하는 것이 있습니다.

이 알 수 없는 바이러스 감염과 전파의 경로와 사태를 막지 못한다면 인류 전체의 재앙이 되기에 글로벌 협력체제가 필수적으로 갖추어져야 합니다.

지구 차원에서 서로 협력하도록 「썸싱 그레이트」가 인류를 자극하는지도 모릅니다.

이렇게 심각한 위기에 직면했을 때야말로 '위하여 사는 것' 이 중요하다고 생각합니다.

'위기는 기회다'라고 나는 수십 년 동안 계속 주장했습니다.

인류가 진화하기 위해 이 위기는 기회라고 생각합니다.

무엇보다 개개인의 의식을 변화시킴으로써 가능하게 된다고 믿고 있습니다.

이번 팬데믹(Pandemic, 전염병의 대유행)으로 우리 인류의 의식은 순식간에 바뀌어 버렸습니다.

우리는 어떤 방향으로 가야할까요? 그 열쇠는 각각 다른 독특한 유전자를 'ON'으로 세팅해주는 것이라고 생각합니다. 옛날부터 사람들은 "모든 병은 마음에서 온다"라고 했습니다. 마음가짐 하나로 인간은 건강을 해칠 수도 있고 반면에 질병을 극복할 수도 있다는 뜻입니다. 속을 들여다보면 유전자가 깊숙이 관련되어 있다고 생각합니다.

마음먹기에 따라 아프기도 하고, 건강하게 되기도 하고 행복한 삶을 살 수 있습니다.

행복하다고 느끼는 순간 그 사람의 유전자는 변합니다. 유전자를 긍정(ON)으로 클릭하면 됩니다. 그러기 위해서는 일상생활을 발랄하고 적극적으로 사는 것이 중요하다고 생각합니다.

심장을 힘차게 박동시키며 사는 삶이야말로 인생을 성공으로 이끌고 행복을 느끼는데 필요한 유전자를 'ON'으로 변화시킨다는 것이 나의 생각입니다.

흥미롭게도 이처럼 유전자는 'ON'과 'OFF'스위치가 있지만 유전자 멋대로 스스로 켜고 끄는 것이 아니라 우리의 마음 먹기나 생활 태도에 따라 달라진다는 것을 점차 알게 되었습니다.

물론 우리는 유전자 치료 등을 제외하고는 유전자 정보 자체를 변환시킬 수 없습니다. 그러나 필요한 유전자를 작동시키거나 불필요한 유전자를 중단시키거나 그 유전자가 담당하고 있는 기능과 역할을 조정 할 수는 있습니다.

나쁜 유전자를 'OFF'로 하고 좋은 유전자를 'ON'으로 하는 것입니다. 유전자를 'ON'으로 작동시키는 편이 'OFF'로 하는 것보다 훨씬 좋은 유전자를 유지하는 것입니다.

그 비결은 바로 긍정적으로 생각하는 것입니다. 즉 플러스(+) 발상이 매우 중요하다고 봅니다. 즉 자신에게 일어나는 것은 '모두 다 플러스'라고 인정하는 방법입니다.

지금 코로나 전염병으로 세계가 어려운 상황이 되어 있습니다. 그래서 나는 이 발상이 필요하다고 생각합니다.

세계적으로 보면 인간이 여러 가지 활동을 멈춘 덕분에 대기 오염 물질이 크게 줄어 들고 공기가 깨끗해졌습니다. 이것으로 미루어 보면 바이러스가 지구 환경을 지켰다고 말할 수 있을지도 모릅니다.

코로나 바이러스에 대한 통제시스템이 점차 해제되었을 때 예전의 일상으로 돌아가기만을 고대한다면 코로나 재난으로부터 우리는 무엇을 배웠다고 할 수 있을까요?

지금 이 책을 읽고 있는 여러분은 어떤 생활을 하고 있는가요?

코로나 바이러스가 사라지길 바라지만 무엇보다도 코로나 사태에서 배운 것을 잊지 않는 것이 중요합니다.

38억년전 지구상에 생명이 탄생하고 유전사가 면면히 계승되어 왔지만 지구는 평화로운 환경이 없었습니다. 모든 생명체가 이런 악조건에도 불구하고 살아왔고 인류도 탄생했습니다.

바이러스가 출현한 것은 약 30억년전이라고 합니다. 인류의 조상인 호모사피언스가 나타난 것은 불과 20만년전 입니다.

그래서 바이러스와 싸워 이긴다는 것은 무리한 이야기입니다. 게다가 야생 포유류에는 적어도 32만 종류의 미지의 바이러스가 숨어 있는 것으로 추정되고 있습니다. 지구는 우리의 생명을 탄생시키고 지켜주는 유일한 행성입니다. 그리고 지구상의 모든 생물은 지구와 떨어져 살아 남을 수 없습니다.

인간은 불과 수 백 년 사이에 여러 가지로 지구를 엄청나게 괴롭

혀 왔습니다.

지금 우리는 인간의 지나친 잘못된 행위로 인해 지구로부터 질책과 추궁을 당하고 있습니다.

그것은 지구가 부모의 심정으로 고통과 통증을 느끼면서도 여전히 우리를 생각해 주고 있기 때문입니다. 지구는 인류가 하나의 큰 생명체로 다양하게 공생하며 살아가야하는 책임을 일깨워 주고, 서로 기쁨을 나누도록 가르치고 있는 것입니다.

그러한 삶이 된다면, 아마도 많은 사람들이 단 하나 밖에 없는 지구에서 태어난 단 하나의 생명체로 기적의 확률로 살아 있다는 자체만으로도 큰 기쁨을 느끼게 될 것입니다.

지금 인류는 전례가 없는 변화의 시간에 놓여 있습니다. 이 시대에 생명을 얻었으므로 '살아 있어 행복하다'는 것을 잊지 않고 살아야 합니다.

'리트'의 저자인 카코짱(야마모토 카츠코 선생님)과의 만남은 영화 '1/4의 기적'(감독: 이리에 후미코)에서 였습니다. 이 영화는 한사람 한 사람이 소중한 존재로 질병이나 장애가 있어도 거기에는 의미가 있다는 것을 알려 줍니다.

이 영화는 당시 특수 학교의 교사였던 카코짱의 학생으로, 다발성경화증multiple sclerosis이라는 병을 가진 여학생 사사다 유키에 씨의 이야기입니다.

다발성경화증은 뇌와 척수 그리고 시신경 곳곳에 질환이 생기며 그 결과 다양한 증상이 나타나는 질병입니다. 유키에 씨는 시력과 운동 기능 장애가 생겼고 몸이 점점 마비되었습니다.

사람들은 몸이 불편하게 되면 힘들고 절망의 구렁텅이로 빠질 수 있다고 생각합니다. 유키에 씨도 실제로 그랬습니다. 그러나 유키에 씨는 모든 것을 좋게 받아들이고 감사하고 항상 긍정적인 생각으로 생활하려고 노력했습니다.

유키에 씨는 매일 기쁜 것과 좋은 것을 찾아서 생활하고 있던 중 다발성경화증에 걸렸기 때문에 좋은 사람들을 만날 수 있었다고 말합니다. 그리고 질병에 걸린 자기 자신을 놓고도 절망적인 말 대신에 "정말 사랑한다"는 표현을 줄곧 했습니다.

이 영화에서는 말라리아와 겸형(鎌型)적혈구빈혈증 이야기가 나옵니다. 말라리아가 만연하고 마을이 멸망 위기에 있을 때 말라리아에 특별한 저항력이 있는 사람이 있다는 것을 알게 되었습니다.

이 적혈구빈혈증은 유전성빈혈질환으로 겸형적혈구빈혈증이 되는 변이 유전자에서 생기면 산소 결핍시 적혈구가 붕괴됩니다. 이 변이가 두개 생기면 무서운 장애가 있고 치명적이 될 수 있습니다. 그러나 변이가 하나라면 그다지 해가 되지 않습니다.

이 하나만 물려받은 사람은 말라리아에 면역력이 있고, 그래서 마을이 위기에서 살아났다는 이야기입니다.

말라리아와 겸형적혈구빈혈증은 하나의 사례에 지나지 않습니다. 질병이나 장애를 가진 사람이 없었다면 인류는 멸종했을지도 모릅니다.

질병과 장애에 대한 의미 있는 영화 한편이 만들어져 많은 이들의 생각에 영향을 미치고 있습니다.

영화속에서 나는 "그것은 입구에 지나지 않고 더 안쪽의 안쪽이 있다"고 말했습니다. 장애나 질병 뿐만 아니라 우리는 인류의 부모인 「썸싱 그레이트」의 보호 속에서 정말 기적적으로 살고 있는지도 모릅니다.

유키에 씨는 죽기 전에 "누구든지 모두 좋고 유일한 존재라는 것을 전세계 사람들에게 전해 달라"는 유언을 카코짱에게 남겼습니다.

카코짱은 유키에 씨와의 약속을 지금도 지키기 위해 책이나 강연에서 유키에 씨의 뜻을 전하고 있습니다.

이 영화는 9개국 언어로 번역되고, 18개국에서 상영되어 총 18만 명의 사람들이 관람했으며 지금도 상영되고 있습니다.

카코짱이 쓴 '리트'라는 책에는 질병이나 어려운 일이 발생했을 때 다른 사람을 소중히 대하고, 서로가 협력해서 멋진 미래로 향해가는 스토리가 그려져 있습니다. 이것이 바로 「썸싱 그레이트」가 우리에게 보여주는 삶의 방식이라고 생각합니다.

소설 속에서 사람들은 순수한 리트와의 만남을 통해 진정한 사랑이 무언인지를 알게 됩니다.

그리고 사랑의 기도가 담겨 있는 빵을 통해 행복의 스위치를 'ON'으로 변환 시킵니다. 또 "힘차게 앞으로"라며 기쁜 마음으로 소중한 것을 찾아 갑니다.

소설 '리트'의 이야기 속에서도 지금의 신종 코로나 바이러스와 같은 전염병이 만연합니다.

신종 코로나 바이러스의 출현은 「썸싱 그레이트」로부터의 메시지라고 생각합니다.

이제 리트의 활약을 보며 여러분들도 "힘차게 앞으로."를 외치면서 읽어 주셨으면 합니다.

그리고 유키에 씨와 리트처럼, 비록 어려운 상황에 놓이더라도 긍정적으로 앞을 향해 스위치를 'ON'으로 돌려서 사는 방식을 찾아 가시길 바랍니다.

카코짱은 "이 '리트' 책이 '어린 왕자'와 같이 여러 나라의 언어로 번역되어 많은 사람들로부터 사랑받는 책이 되었으면 합니다."라고 합니다.

"그것이 저의 꿈이고, 유키에 씨와의 약속입니다."

어린 아이부터 어른까지 '어린 왕자' 처럼 오랫동안 즐겨 읽는 책이 되었으면 좋겠습니다.

저자의 후기

── 야마모토 카츠코 ──

저는 어렸을 때부터 벌레와 꽃을 바라 보는 것을 좋아했습니다. 자연을 바라보고 있으면 신기하다는 생각이 가득 찼습니다.

왜 벌레들은 따로 배우지 않았는데도 자신이 먹는 음식이나 둥지를 만드는 방법을 알고 있을까요? 꿀벌과 나비가 꿀을 빨거나 모으고 꽃이 수정을 하고 열매가 되어, 그것을 새가 먹도록 부지불식간에 서로 돕고 모든 일이 잘되게 되어 있는 것은 왜 그럴까요?

저는 항상 모든 것들에 대한 의문을 갖고 있었던 소녀였습니다.

과학 시간에 단 한 개의 수정란이 분열해서 인간의 몸이 생겼다는 것을 알았습니다.

한 개의 수정란에서 똑같은 것이 2개가 되고, 4개가 되어 결국 세포가 손이 되거나 발이 되어 가는 것이 너무 신기했습니다.

그럴 때 그 수수께끼를 가르쳐 주신 것이 무라카미 카즈오 박사님의 에세이였습니다. 그리고 수십 년 동안 나의 존경의 대상은 박사님 이셨습니다.

저는 어른이 되어 특수학교의 교사가 되었습니다. 그곳에서 저는 중학교 2학년생인 유키에를 만났습니다.

유키에는 다발성 경화증MS이라는 병에 걸렸습니다. MS에도 여러 가지 종류가 있지만 유키에 씨의 경우는 재발할 때마다 눈이 잘 보이지 않거나 손이나 발이 잘 움직이지 않는 증상을 보였습니다. 하지만 유키에는 항상 긍정적으로 "나는 이대로 가 좋아."라고 말했습니다.

"만약 눈이 보이지 않게 되면, 손과 발이 움직이지 못하게 되면, 나는 눈과 손과 발에 고맙다는 말을 할 거예요. 나를 위해 열심히 힘을 써줬는데. '왜 그래? 왜 움직이지 않는 거야?' 하면 미안하니까. '지금까지 정말 감사합니다'라고 말하는 거야"

"나는 12월 28일 태어났다. 1분 1초 확실히 내가 되기 위해 태어난 거야."

그런 유키에가 죽기 전에 저에게 말했습니다.

"모든 사람들이 서로 달라서 좋은 것 같아요.

모두가 생긴 대로 멋진 존재에요.

오늘 하루도 언젠가의 좋은 날을 위해 있다는 것.

이런 것들을 모두가 알 수 있도록.

전 세계에 전해 줄 것을 약속해 주세요.

세계 사람들에게 카코 선생님이 전해 주세요."

그것이 유키에의 유언이 되었습니다.

저는 교사를 하면서 작가 활동도 했으며 유키에와의 약속을 몇 권의 책에 썼습니다. 그것이 뜻하지 않게 '1/4의 기적'이라는 영화가 되었습니다. 이 영화는 일본뿐만 아니라 세계 곳곳에서 상영되고 있습니다.

그리고 놀랍게도 이 영화에 제가 존경하는 무라카미 카즈오 박사님이 출연하셨습니다.

제가 감독님에게 박사님의 출연을 부탁한 것도 아니었습니다.

또 제가 박사님을 사랑하고 진심으로 존경하고 있다는 이야기를 감독님에게 한 것도 아니었습니다.

저의 생각을 전혀 모르는 감독님이 공교롭게도 박사님에게 출연을 부탁하신 것이었습니다.

그래서 영화 속에서 저와 박사님과의 만남이 실현 되었습니다.

무라카미 박사님은 누구에게도 부드럽게 응대해 주시고 저에게도 말을 걸어 주시고 여러 가지를 도와 주셨습니다.

동북대지진과 같은 큰 일이 일어난 경우에도 전화로 「썸싱 그레이트」 이야기를 해주셨습니다.

저는 어렸을 때부터 운동을 잘 하지 못하고 말도 어눌했습니다. 그래서 주변사람들이 "이상한 아이구나."라고 얘기해서 저는 모든 일에 자신감이 없었습니다.

그런 마음을 안고 오랫동안 살았습니다.

그러나 박사님의 이야기를 듣고 "나는 이대로가 좋다. 소중한 사람이다"라고 생각하며 기쁘게 살았습니다.

요즘 '주의력 결핍 과잉행동장애ADHD'와 '무척 예민한 사람HSP' 등 다양한 사회 문제가 부각되고, 뉴스에도 많이 나오고 있습니다.

좀처럼 사회와의 적응이나 자신의 정체성을 알지 못하고, 늘 힘들고 슬픈 마음으로 지내는 사람들이 많다고 합니다.

그러나 오히려 장애가 있으나 특별히 좋은 면이 있어서 다른 사람들의 마음을 움직여 가는 것이 있다고 생각합니다.

지구에 사는 사람들이 각각의 차이와 개성을 받아 들여 같은 지구에 태어난 둘도 없는 친구로 소중히 맺어 진다면 기쁜 일입니다.

그것이야말로 유키에의 소원입니다.

이 글을 쓰고 있는 지금도 신종 코로나 바이러스가 전 세계적으로 맹위를 떨치고 있습니다.

존경하는 박사님은 저에게 이렇게 말씀하셨습니다.

"신종 코로나 바이러스도 「썸싱 그레이트」께서 주신 가르침입니다. 그것을 통해 사람들이 각성할 기회를 주신 겁니다. 인간은 바이러스와 함께 진화 해 온 것이니까요."

"카코짱, 제 생각을 모두에게 전해 주세요."

저는 "잘 알겠습니다."라고 박사님께 약속했습니다.

저는 그 때 유키에와 무라카미 카즈오 박사님과의 약속을 지키고 싶어서 정신없이 이 소설을 썼습니다.

아무도 경험 한 적이 없는 신종 코로나 바이러스도 분명 인류는 극복 할 수 있다고 생각합니다.

「썸싱 그레이트」가 우리에게 가르쳐 주고 있는 것을 잊지 않고, 밝고 적극적으로, 그리고 감사하면서 살고 싶습니다.

저는 유키에 씨의 "전 세계 사람들에게 전해주세요"라는 말을 항상 기억하고 있습니다.

박사님이 부탁하신대로 여러 나라의 언어로 번역되어 많은 분들이 읽어 주실 것을 꿈꾸고 있습니다.

읽어 주신 여러분, 정말로 감사합니다.

이 책을 출판하는데 있어서 지금까지 만난 분들과 편집자 여러분들에게 많은 감사를 드립니다.

또한 많은 친구로부터도 큰 응원을 받고 '리트'를 완성 할 수 있었습니다.

진심으로 감사합니다.

견우와 직녀가 만나는 칠석의 밤에 여러분이 행복하고 부디 세계평화가 이루어질 수 있도록 진심으로 기원합니다.

2020년 7월 7일

추모사

무라카미 카즈오 박사님께
—— 야마모토 카츠코 ——

무라카미 카즈오 박사님은 2021년 4월13일에 타계하셨습니다. 그 해 1월은 만85세 생신이었습니다. 제가 존경하고 사모하는 박사님이 같은 세계에 살고 계시지 않는다는 것은 너무도 슬픈 일입니다. 예전에 박사님은 이렇게 가르쳐 주셨습니다.

"탄생과 죽음은 쌍으로 프로그램 되고 있는 것이에요. 몸은 「썸싱 그레이트」에서 빌린 것입니다. 빌린 주체는 누구일까요? 그것은 바로 영혼(마음)이에요. 몸은 자연으로 돌아가도 영혼은 영원한 것이에요."

박사님의 말씀에도 불구하고 제 생각은 달랐습니다.

"저는 박사님이 하늘나라로 가시는 걸 생각하고 싶지 않습니다.

백세, 2백세까지라도 살 수 있다면 좋겠습니다."라고 말하자 박사님은 생글생글 웃으시며 말하셨습니다.

"그것은 어려워요. 그렇게 오래 살아도 행복하지 않아요. 우리들은 대자연 속 하나의 존재로 살고 있기 때문이에요."

2011년 어느 날 도쿄에서 박사님의 연구 업적과 생애를 그린 다큐멘터리 영화 스위치SWITCH의 상영회가 있었습니다.

그 때 마침 그곳에서 박사님과 저의 합동 강연회도 있었습니다.

영화 스위치의 스즈키 나오키 감독님은 제가 박사님을 아주 좋아하고 동경하는 것을 알고 있었습니다. 그래서 저를 박사님의 옆 자리에 앉혀 주셨습니다. 저는 그것이 너무 기뻤습니다.

그 자리에서 스즈키 감독님이 박사님께 "카코짱의 뜨거운 사랑을 받으니 아주 기분이 좋으시지요?"라고 가볍게 농담을 했습니다.

그 순간 저는 마음이 두근거렸습니다. 만약 박사님이 "그렇지 않다"라고 하셨다면 저는 그것이 당연하지만 뭔가 슬프고 마음에 상처받는 기분이 들 것 같았습니다.

그때 박사님은 느닷없이 놀라운 말씀을 하셨습니다.

"카코짱은 나의 손이 닿는 여성이 아니에요."

그러나 제 손이 닿지 않는 것은 박사님이십니다.

저는 말로 표현하기 어렵지만 뭔가 따뜻한 배려의 마음을 가지신 박사님이 정말 상냥한 분이라는 생각이 들었습니다.

스즈키 감독님이 "손이 닿지 않는다는 것은 무슨 의미입니까?"라고 다시 물었지만 박사님은 "서로의 영혼이 기뻐하는 만남은 아주 좋은 것입니다."라고만 대답했습니다. 그날 이후 저는 박사님의 말씀을 지키기로 굳게 다짐했습니다.

「썸싱 그레이트」라는 부모가 기뻐하는 인생을 꿈꾸며 살고 있습니다. 박사님의 말을 하루에도 몇 번씩이나 생각하며 용기를 얻고 있습니다.

박사님의 마법과도 같은 말씀은 제가 적극적으로 열심히 살려고 하는 유전자를 'ON'으로 해 주셨다고 생각합니다.

소설 '리트'가 완성되었을 때도 박사님은 저에게 이렇게 말하셨습니다.

"카코짱의 문장은 단순해서 좋아요. 단순하면 정말 중요한 것이 전해져요. 나는 그것이 어려워요. '리트'는 정말 좋은 책입니다."

그리고 증쇄가 결정 되었고, 여러 나라들의 언어로 '리트'의 번역이 진행된다고 말씀드리면 대단하다고 하시며 열심히 하라고 격려해 주셨습니다.

저는 "박사님! 아주 존경합니다!"라고 대답 했습니다. 그러자 박사님은 늘 "그래요. 고마워요!"라고 해 주셔서 저는 정말 기쁘고 행복했습니다.

박사님은 곧 돌아가실 것을 스스로 알고 저에게 '리트'를 쓰게 하셨을까요?

박사님은 "지금도 눈에 보이지 않는 존재를 믿지 않는 사람들이 많지만, 나는 「썸싱 그레이트」의 존재를 널리 알리고 그것을 과학적으로 증명하고 싶다."라고 몇 번이나 말씀하셨습니다.

박사님은 평생을 통해 연구하시고, 많은 책을 쓰시고, 곳곳에서 많은 강연도 하셨습니다. 저에게 주신 마법 같은 말씀과 소중한 사례들로 개개인 마음의 스위치를 'ON'으로 해주신 것입니다.

저는 박사님과의 약속을 반드시 지키겠습니다.

많은 사람들에게 「썸싱 그레이트」나 박사님이 가르쳐 주신 소중한 내용을 전해 주면서 살아갈 것입니다. 박사님의 영혼은 「썸싱 그레이트」와 함께 많은 사람을 도와 주시고 계실 것입니다.

그리고 제 옆에 늘 있어 주세요!

박사님 부탁합니다!

2021년 4월 16일

역자의 이야기

—— 임가영 ——

저와 '리트'와의 만남은 이렇게 시작되었습니다.

저는 사이토 히토리 씨(긴자 마루칸 창업자)를 평소 존경하고, 매일 그분의 블로그를 봅니다.

어느 봄날 아침, 거기에 이런 글이 쓰여 있었습니다.

"반드시 읽었으면 하는 좋은 책이 발견되었습니다."

그 책이 바로 '리트'였습니다.

저는 즉시 그 책을 구입하려고 저자인 카코짱이 만든 모나모리 출판사에 메일을 보냈습니다. 제가 대한민국 서울에 살고 있는데, 책을 구매하고 싶다고 했습니다.

그 뒤 곧바로 답장이 왔습니다. 답을 해주신 분은 놀랍게도 카코 짱 본인이었습니다.

그녀는 책이 저에게 도착하려면 약 일주일 정도 걸릴지 모른다며 친절히 말씀해 주었습니다.

흥미를 가진 저는 카코짱의 강연회를 유튜브에서 보기 시작했습니다. 카코짱이 특수학교 교사를 하던 때의 이야기였습니다.

결론부터 말하면, 저는 그 이야기를 듣고 오랜만에 마음속에서 깊은 감동을 받아 크게 울었습니다.

저는 책이 도착할 때까지 카코짱에 대해 여러 가지를 알게 되었습니다.

그중의 하나가 카코짱이 유키에 씨와 무라카미 박사님과의 약속을 지키기 위해 스스로 출판사를 만들었다는 것이었습니다.

카코짱은 지금까지 약 40여권의 책을 낸 경험을 통해 기존 출판사에 맡길 경우, 시간과 비용이 많이 든다는 것을 알고 '리트'는 자체 출판사를 만들어 제작하기로 했다는 것 이었습니다.

그녀는 세계 여러 나라들의 언어로 출판하기 위해 '리트'의 판매 수익을 현지에 기부하고 지원을 아끼지 않고 있습니다.

또 다른 강연회에서 카코장에 대한 질문 코너가 있었습니다. 그곳에서 "카코짱이 제일 싫어하는 것이 무엇입니까?"라는 질문에 대해 "선생님이라고 부르는 것"이라고 대답했습니다.

저는 그 말을 듣고 카코짱이 "우리는 항상 평등하고 동등한 관계다."라는 말이 머리에 떠올랐습니다. 그 강연회 말미에 키코짱은 '리트' 책이 '어린 왕자'처럼 많은 나라의 언어로 번역이 되어 사랑을 받았으면 좋겠습니다."라고 말했습니다.

그 말을 들었을 때 저는 이상하게도 "내가 할 수 있을지도 모른다."는 생각이 들어 곧바로 카코짱에게 메일을 보냈습니다. 그녀는 흔쾌히 허락해 주었습니다.

한국어 번역은 교우인 김용우 선배님에게 부탁을 드려 함께 공동 작업을 했습니다.

선배님은 언론 분야에 계셨고 아주 멋진 시를 쓰십니다. 또 농업과 수산과 해양 분야는 물론, 노젓는 배에 대해서도 많은 관심과 연구를 하고 계십니다. 그리고 소설 '리트'에 나오는 하얀 암캐를 키우고 계십니다.

저는 번역 작업을 하면서 이외에도 많은 것을 배웠습니다.

마치 리트가 밀밭을 나와 다양한 동물과 사람들을 만나 겪은 이야기와 유사했습니다.

번역을 하는 동안 만난 다양한 사람들로부터 사랑을 받기도 하고, 용기를 얻어 미래의 꿈들을 발견하기 시작했습니다.

도서출판 마야의 임동주 교수님, 해초록 임갑희 대표님, 따순기미 김경오 대표님, 그리고 '리트'의 해외 번역팀(영어, 독일어, 프랑스어, 스페인어) 동료들의 모습 속에서입니다.

우리는 모두 다른 개성을 가진 소중한 존재라는 것. 그리고 지금 상황이 좋지 않은 것 같아 보여도, 그것은 미래의 좋은 날을 위해 있다는 사실이 너무 아름답고 행복하게 느껴집니다.

저는 '리트'가 저에게 알려준 이러한 내용을 가슴에 담고, 매일 매일 즐겁게 살아 가고자 합니다.

왜냐하면 반드시 해피엔딩이 기다리고 있기 때문입니다.

'리트'를 읽어 주신 독자 여러분!

언제, 어디선가 만날 수 있는 날을 고대하고 싶습니다. 감사합니다. 그리고 사랑합니다.

2021년 11월 11일

역자의 이야기

── 김용우 ──

소설 리트를 접한 것은 긴 시간의 선물이었습니다. 2012년에 유럽 여행 중 일행으로 만난 임가영 박사님을 통해 시작되었습니다. 그 뒤, 10여년의 세월이 흐르면서 가끔 안부 정도를 들었는데, 하필 같은 대학인 고려대학교의 학부와 대학원을 나온 후배였습니다.

그녀가 '리트'로 부터 큰 울림을 받고 나서, 본인에게 공동 번역을 제안했습니다.

번역이라는 단어는 잘 알지만 자신이 역자가 된다는 생각을 한번도 가진 적이 없었기에, 처음에는 과연 가능할 것인가 라는 의문을 가졌습니다. 그러나 그것은 기우에 불과했습니다.

저자인 카코짱에게서 받은 원문 원고를 기초로, 임가영 박사님과 매일 읽고, 수정하고, 정리를 했습니다.

한국어의 특성상 다양한 문체나 단어 구사가 가능하기에 한글식 표현법에 대한 정리가 무엇보다 중요했습니다. 그래서 번역을 제 2의 창작이라고 하는가 봅니다.

저자의 의도를 훼손하지 않고, 작가의 내면세계를 한국의 독자들이 공감할 수 있도록 최대한 많은 분들로부터 자문도 받았습니다. 출판사 관계자들도 단어 하나하나, 문장 한줄 한줄을 세심히 검토하고, 다듬었습니다.

제가 번역자로서 만난 첫 소설로 인해, 너무 긴 서문을 늘어놓은 것 같아 송구한 느낌이 듭니다. 그러나 역자의 이야기도 이 소설을 읽는데 도움이 될 것입니다.

이 책은 작은 강아지인 리트가 세상에 나와 겪는 다양한 이야기가 실려 있습니다. 리트가 고양이, 개, 사람들을 만나고, 체험하고 느낀 우화 같은 내용이지만, 현대에 사는 우리들에게 교훈적이며 본연의 삶이 무엇인지를 잘 보여주고 있습니다.

소설은 냄새와 배고픔의 원초적 본능에서 시작됩니다. 그리고 다양한 만남을 통해, 구도자의 화두처럼 '둘도 없는 것', '가슈다'의 길을 찾습니다. 심지어 악연을 통해서도 그들을 계도해 나가고, 결국 모두의 승리와 행복으로 마감됩니다.

악이라는 요소도 늘 인간사 속에는 존재해 왔습니다. 그렇기에 악을 미워하거나 좌절하거나 불행 자체도 한탄할 필요가 없는 것이 이책의 중요한 메시지 같습니다.

문제는 자신을 부정하는 일을 하지 않아야 한다는 것입니다. 긍정의 마음은 유전자도 변화시켜, 작은 질병도 쉽게 극복할 수 있고, 비록 치유가 어려운 병일지라도 건강한 정신과 영혼을 갖게 된다면, 내세가 더 행복해 질 수 있다는 생각이 깃들어 있습니다.

인생도 그냥 사라지는 것이 아닙니다. 그저 잠시 머물다가 가는 존재가 아닙니다. 그래서 늘 행복하다고 스스로에게 말할 필요가 있다는 것입니다.

특수학교에서 오랫동안 근무했던 저자가 만난 유키에 씨의 주옥같은 유언의 시는 우리들에게 시사하는 바가 큽니다. 불행도 축하하고 감사해야 한다는 한줄 한줄의 절명시(絶命詩)는 우리들에게 무한한 꿈과 소망을 갖게 합니다.

이 책을 만나게 해 준 임가영 박사님과 저자(카코짱), 그리고 오랜 친구이자 수의사, 어류학자, 그리고 '우리나라 삼국지' 저자로서 출판을 기꺼이 해 준 임동주 회장님의 관심과 사랑에 깊이 감사드립니다.

유키에 씨의 짧은 일생을 그린 다큐멘터리 영화 '4분의 1의 기적'
도 곧 상영됩니다. 이 같은 시점에 출판이 이루어져 국내 독자들에게
좋은 책으로 널리 알려 지길 고대합니다. 감사합니다.

2021년 11월 11일

임가영(우)
12월30일(양력) 출생. 고려대학교 대학원 중일어문학과
일본문학전공 졸업. 문학박사. 역학별당 소장.
—— kgs0481@gmail.com

김용우(좌)
1953년 전남 여수 출생. 고려대학교 원예학과 졸업. 중앙
언론사 기자. 보건복지부 장관상 수상(2회). 2006년 여수
시장 출마. 오션타임즈 발행인. 노형선박연구소 소장.
—— yongwoo2020@naver.com

추천사

—— 김경오 ——

중3년 때 어머니가 돌아가시고, 제가 여수 금오도 따순기미에 홀로 남겨진 시절이 있었습니다. 섬마을 어른들은 홀로 남겨진 저를 지극정성으로 보살펴 주셨습니다. 이렇게 자란 것이 엊그제 같습니다. 그래서 가끔 섬에 갈 때는 보답으로 빵을 챙겨 가기도 합니다.

어머니는 여수 남초등학교 앞에서 작은 구멍가게 식당을 하셨습니다. 점심때가 되면 튀김 솥을 가게 밖으로 꺼내 놓고, 방과 후 고아원으로 돌아가는 어린 형과 누나들에게 튀김을 종종 나누어 주셨습니다. 가게가 여의치 않자 어머니는 섬마을 따순기미로 건너가 작은 식당을 운영하셨습니다.

어느 날 어머니와 점심을 들고 있는데 정장을 차려입은 청년이 찾아 왔습니다. 청년은 식당 앞 평상에서 큰 절을 했습니다.

"아주머니! 안녕하세요? 저는 남초등학교 앞에서 맛있는 튀김을 먹고 이렇게 잘 자랐습니다. 그래서 너무 고마워서 인사를 드리러 왔습니다."

옆에서 이 광경을 지켜보던 저는 태어나서 처음으로 큰 감동을 느꼈습니다. 서로 껴안고 울고 있는 모습에 제 미래의 삶이 그려졌습니다.

소설 속에는 올리의 엄마가 빵으로 많은 사람들을 구하는 내용이 있습니다. 빵을 빚는 일을 오랫동안 해왔던 저로서도 큰 감동을 받았습니다. 밀가루를 반죽하고 발효의 과정을 지켜보면 생명의 경이를 느낍니다. 밀가루와 소금, 버터, 설탕을 서로 배합해 풍미를 창조하는 발효과정을 볼 때면 숙연해지기도 합니다. 이 작은 효모는 겉은 바삭하지만 속은 촉촉한 바게트를 만들고, 때로는 달콤한 브리오슈빵을 만들어 냅니다. 노을빛 진한 갈색을 띠며, 뜨거운 오븐에서 익어가는 효모빵의 자태는 정말 아름답습니다.

소설 속 리트는 '가슈다'라는 영적 만남을 통해서, 올리와 올리 엄마 그리고 모든 이들에게 사랑의 씨앗을 전했습니다. 빵 한 조각이 이 세상을 아름답게 만들었습니다. 그건 단순한 빵이 아니라 사랑이었습니다.

제가 빵을 구워 온지 이미 30년이 다 되어갑니다. 리트의 이야기에서 그동안 잊고 살았던 내 몸의 모든 세포들이 되살아났습니다. 어머니와 저의 길을 끝까지 지켜주신 모든 분들에게 고맙다는 말을 전하고 싶습니다.

'리트'로 인하여 잊었던 과거의 제 자신을 찾게 해주신 저자 야마모토 카츠코, 무라카미 박사님, 그리고 이 책을 통해 아름다운 세상이 있다는 것을 알게 해주신 임가영 선생님, 김용우 선배님에게도 감사를 드리고 싶습니다.

저는 리트의 삶을 움직인 올리와 올리엄마가 되어 오늘도 허리에 앞치마를 두루고 하얀 밀가루에 리트의 미소를 담아 봅니다.

따순기미 대표
김경오

추천사

—— 임갑희 ——

저는 평소에 모든 것을 리트처럼 의식이 흐르는 대로, 가고 싶은 대로, 마음이 시키는 대로 합니다. 그 안에 진리와 가치가 있다는 것은 지극히 당연하다고 알고 있으나 우리는 그것을 잊고 지낸다는 것을 새삼 이 책에서 배우게 됩니다.

사람이 만든 법과 제도보다 훨씬 앞서는 것이 리트의 의식이 아닌가 합니다. 소설에서 리트는 환경과 세상의 흐름이 본인에게 손해를 끼칠 수 있다 해도 되짚어 보고 다시 용기를 내서 행동합니다. 긍정의 힘을 믿고 나가는 순수함이 세상을 밝게 비추는 계기가 된 것입니다. 리트는 평범하지만 진솔한 생각을 담고 있어서 "아! 그래."하고 공감을 만드는 주인공입니다.

저의 음식점 「해초록」이란 이름은 '초록빛 바다'를 부르기 쉽게 지은 것입니다. 저는 여러 사람과 먹거리를 나누고, 호흡을 같이하고, 또 탐스럽고 간결하게 혹은 우아하게 보이도록 꾸미고 가꾸는 것을 좋아합니다. 제가 가장 잘 할 수 있는 일이 요리입니다. 그리고 더 의미를 부여하자면 제가 음식 만들기를 무엇보다도 사랑한다는 것입니다.

'리트'에서는 빵으로 표현되어 있지만, 저에게는 한식이 바로 그것입니다. 몸에 좋은 음식을 많은 사람들에게 제공하고 싶다는 생각을 항상 가지고 있습니다. 그래서 오랫동안 외국인들에게도 한국요리와 김치 담그는 법을 가르쳐 왔습니다. 사람이 살아가는데 필수인 '의식주' 중에서 서로 나누고 즐기는데, '식(食)'이라는 가치가 저에게는 가장 어울린다고 생각합니다.

'리트'에 나오는 아씨처럼 우리 집에도 4마리의 개가 있습니다. 몰리, 뭉치, 진석이, 풍산이입니다. 천성적으로 저는 개를 전혀 무서워하지 않습니다. 그들은 저를 즐겁게 해주는 식구들입니다. 가끔 이불에 오줌을 쌀 때는 한대 쥐어박거나 째려보기도 하지만 얘들은 리트처럼 제가 자기들을 얼마나 사랑하는지 압니다.

　본래 밝음과 어둠이 공존하고 강약을 만드는 것은 만상의 본성인데 이것을 투명하고 조화롭게 가꾸어 가는 것은 리트처럼 쉽지 않습니다. '리트'를 읽고 한숨을 쉬고 즐겁게 때론 눈물겹도록 반성하는 계기가 되는 것만으로도 만족합니다.

　저는 오늘도 사랑이 깃든 따뜻한 밥 만들기를 기도합니다. 누군가 맛있게 먹어줘야 오늘밤도 다리를 쭉 뻗고 잘 수 있습니다. 바라만 보지 말고 능동적으로 행동하는 리트를 생각하며 앞으로도 더 잘 할 수 있는 일을 생각해 봅니다. 정말 좋은 책 만들어 주셔서 감사합니다.

해초록 대표
임갑희